INK INK INK INK INK INK
K INK INK INK INK INK IN
INK INK INK INK INK INK
K INK INK INK INK INK IN
INK INK INK INK INK INK
K INK INK INK INK INK IN
INK INK INK INK INK INK
K INK INK INK INK INK IN
INK INK INK INK INK INK
K INK INK INK INK INK IN
INK INK INK INK INK INK
K INK INK INK INK INK IN
INK INK INK INK INK INK
K INK INK INK INK INK IN
INK INK INK INK INK INK
K INK INK INK INK INK IN
INK INK INK INK INK INK
K INK INK INK INK INK IN
INK INK INK INK INK INK
K INK INK INK INK INK IN
INK INK INK INK INK INK
K INK INK INK INK INK IN
INK INK INK INK INK INK

INK INK INK INK INK
INK INK INK INK INK INK
INK INK INK INK INK
INK INK INK INK INK INK
INK INK INK INK INK
INK INK INK INK INK INK
INK INK INK INK INK
INK INK INK INK INK INK
INK INK INK INK INK
INK INK INK INK INK INK
INK INK INK INK INK
INK INK INK INK INK INK
INK INK INK INK INK
INK INK INK INK INK INK
INK INK INK INK INK
INK INK INK INK INK INK
INK INK INK INK INK
INK INK INK INK INK INK
INK INK INK INK INK
INK INK INK INK INK INK
INK INK INK INK INK
INK INK INK INK INK INK
INK INK INK INK INK

中國歷代爭議人物 09

教主天王 洪秀全

藍博堂◎著

前言

當我們讀到洪秀全和太平天國的歷史時，會有這麼一個印象：好詭異的革命家！好詭異的革命團體！的確，洪秀全早年接觸的只是中國傳統經籍，加上後來認識基督教教義，如此而已，可謂所知所學相當有限；但是，他卻能建立一個連基督徒都要詫異的宗教——上帝會，並由此奠定革命基礎。這個現象，若不和當時廣大民眾的困苦生活及精神需求聯繫起來，是無法理解的。雖然洪秀全和其他太平天國領袖的努力起了相當程度的作用，但也因爲受制於時代環境，所以太平軍初起的風起雲湧和晚年的窮途末路，都逃不過歷史的限制。

或許我們還會有這麼一個疑問：同樣是漢人，洪秀全與太平天國要起來反抗滿清統治，而曾國藩等中興名臣卻挺身維護現有政權。那麼，究竟誰是天使？誰是撒旦？或者，我們以莊重的態度而論，歷史給與他們什麼樣的評價呢？

這是很不容易回答的問題，但可能也是一般人最感興趣的問題。民族主義對我們而言是個很熟悉的字眼，太平軍也確實標舉出種族主義這鮮明的旗幟。有趣的是，湘軍在出動時發布的〈討粵匪檄〉，乃從文化、宗教、地域各方面來聲討太平軍，卻刻意迴避了民族主義這個問題。顯然，曾國藩的立場很尷尬，他不滿太平軍破壞文化與秩序，卻也意識到種族差別的問題，只是有口難言罷了。在曾國藩身上我們看到——傳統儒生追求安定、護衛文化的理想，而不是個人追求功名利祿的慾望。至於左宗棠、李鴻章等人，理想和私慾的取捨孰輕孰重，尚待進一步的追蹤研究。

時間拉得越長，我們可以對歷史評價的問題看得更清楚。太平天國失敗了，滿清王朝得以維持下去。於是，曾國藩等人成了「同治中興」的名臣，洪秀全之輩則爲「犯上作亂」的匪寇。然而，不到半個世紀，國民革命的時代到來，洪秀全等人立刻翻了身，成爲革命英雄；民族主義的口號也叫得更加響亮。革命的熱情消退以後，歷史的評價才逐漸趨向客觀。於是我們清楚地看到：歷史的評價如何隨時代而推移。

在本書的編寫中，原來打算將太平天國時代、國民革命時代及以後的年代裡，各種評論編排成一章，以求彰顯出評價「因時而異」的問題。然而，在太平天國時代，由於保持高度的神祕性，除了湘軍方面情報匯集工作做得認眞，幾位將領在奏摺中做了一些嚴肅的評論之外，一般人士的批評則多屬神鬼謬說，無稽妄談。太平天國的種種詭異，是他們的特色，有其客觀意義存在；如果再加上種種臆說，爲他們披上更神祕的外衣，那就要變成神怪故事了。因此，本書沒有在這方面著重強調，而以錢穆、羅爾綱、郭廷以三位史家的意見爲主，也算是介紹了當前史學界的三大流派。

爲了避免枯燥無味，並且切合太平天國濃重的宗教氣氛，各章的標題雖然稍嫌古怪，應該不至於離題太遠。第一章「天國近了」寫洪秀全早年的個人經歷，及其與同志馮雲山到廣西傳教搞革命的經過；第二章「迷途羔羊」則插敘太平軍起事前的歷史背景，說明當時社會背景如何爲太平天國提供了廣大的群眾基礎。太平軍攻占永安州是一個重要的轉折，此後，太平天國才稍具規模。永安突圍以後，太平軍活動空間擴大，事務繁多，所以敘述較簡要，擇大事而記。第三章「天路歷程」寫太平軍在金田起義，直到攻占永安州。由於是篳路藍縷的階段，敘事較爲詳細，以便瞭解洪秀全與他同志艱苦創業的情況。第四章「蜜奶之地」寫太平軍北出湖南，掃蕩長江流域，直到定都天京。第五章「夢幻天國」描述太平天國的幾項重要制度及實行程度，也對太平天國治下的社會狀況做了幾筆勾勒。第六章「異教新軍」寫湘軍的組織、訓練及出動；此後，太平軍與湘軍有連番的激戰。在外力方面，這是太平天國由盛而衰，終於滅亡的關鍵。第七章「神族鬥爭」記敘天京連續發生的幾次內變，嚴重耗損了太平天國的元氣。在內因方面，這是太平天國衰敗的一大表徵。天京內變以後，太平天國主要靠著兩位青年將領——陳玉成、李秀成——在支撐，就像兩位寂寞的天使護衛著搖搖欲墜的天國。陳玉成死後，李秀成孤軍奮戰，更難支持下去。第八章「天使折翼」就是記載這一段經歷。第九章「輓歌飄蕩」先寫帶兵出走的名將石達開的敗亡；然後洪秀全自殺；接著李秀成、洪仁玕、幼主洪天貴先後被俘身亡；其他殘兵餘將也先後敗亡；直到捻亂平定，太平天國算是煙消雲散，完全成爲歷史名詞。

以上是傳記部分。評論部分，除了散見前面各章外，在下篇第一章「開棺驗屍」中，蒐集了當時敵對兩方的代表性意見，加上近代三位史家的看法，對太平天國革命的性質與失敗的原因做進一步的探討。第二章「陰魂不散」，則是從軍事、政治、經濟、社會、文化各方面，估計了太平天國對近代中國的深遠影響。「最後審判」中，並非筆者狂妄地想給與一個結論，只是將洪秀全與太平天國做個總結，來個最後的交代。至於歷史什麼時候可以給他們做個最後審判，誰曉得？就像人類雖然未能創造完美的文明，但是一直在解決問題，追求完美；歷史學家一直沒能寫下「最後的歷史」，但是一直在努力著。

多少君臣將相，在太平與戰亂，興盛與衰亡中創造歷史，留下不朽的功業和萬世的罵名。他們毀譽參半，褒貶不一，是可敬可愛，也是可憎可厭的爭議人物。

教主天王

洪秀全

目錄

【上 篇】

洪秀全傳

一、天國近了

一八三七年三月八日（道光十七年二月二日），一位接連三次落第的書生躑躅在廣州街頭，眼看中科舉求功名是沒指望了，不禁又傷心、又氣惱，這時病魔偏偏又乘虛而入，沒奈何，只好僱了轎子還鄉。這位二十五歲的青年書生就是洪秀全，一個充滿神祕色彩的詭異革命家。

四月五日，洪秀全一回到家，即臥病不起，並且連連作了幾個怪夢：

當天夜半時分，洪秀全看見無數的天使從天而降，說是來接他升天；又看見穿黃袍的小孩和一隻幾尺高有如雞一般的鳥，在他面前。洪秀全悲哀地告別家人，隨著天使來到天門兩旁，無數的美女逶迤相迎，他都目不斜視。到了天堂，光彩射人，迥異凡塵，無數穿著龍袍角帽的人都來見他。然後有人傳旨將洪秀全剖腹，出舊換新。一名老婦替他淨身後，引見一名老人。那老人「頭戴高頂帽，身穿黑龍袍，滿口金鬚，拖在腹上，相貌魁梧，身體最高大，坐狀最嚴肅，衣袍最端正，兩手覆在膝上」。洪秀全跪拜完畢，站在一旁，老人向他指示妖魔迷惑世人的情形，並命令他戰逐妖魔。

第二天，洪秀全回到凡間，對父親和兩位兄長說：「天下萬郭人民歸朕管，天下錢糧歸朕食，朕乃天父上帝眞命（天）子。有時講雜話，是上帝教朕橋水，使世人同聽而不聞也。」

洪秀全還說了許多古怪話，當時大家都以爲他瘋了。

七、八兩日，洪秀全又轉升高天，仗著老人賜給他的一只金鏰，一把雲中雪（刀或劍），與闖上天堂的妖魔大戰三十三天。一個中年人在他身旁，指指點點，教他誅妖方法。洪秀全奮力廝殺，拚命追逐，終於把妖魔一一誅落地獄。回到高天，老人很高興，賜他「天王大道君王全」七字，告訴他「火」字犯了天父本名（耶火華），命他改名，可以叫洪秀時、洪全時或洪秀全。

洪秀全醒來，便從床上爬起，病況竟不藥而癒；整個人也變了樣，據說是變得「品行謹愼，行爲和藹而坦白。身體增高增大，步履端莊嚴肅，其見解則寬大而自由」。洪秀全依從夢中老人的話，把小名火秀改了，去火留秀，加個全字（全，析字爲人中之王），而成爲日後大家熟知的洪秀全。

很難確定洪秀全這次神祕之夢的眞實性有多大。不過，似乎沒有證據可以否認洪秀全的確作過這場升天大夢，而且使整個人改變頗大。如果我們毫無保留地接受，那麼可以說：這場夢對洪秀全的一生，甚至對十九世紀中葉的中國，有決定性的作用。或者我們態度謹慎一點，至少可以這麼說：在這場大病中，洪秀全經歷了一次心理上的重大轉折；他已經準備擲下他的骰子。

當然，洪秀全不會毫無來由地夢見基督教的天堂。而且，當時他也不十分明瞭夢中的人物與意義。要明白這些，我們得對洪秀全和他的時代背景從頭做一番認識。

一七九六年，大清王朝的乾隆皇帝傳位給嘉慶帝，自稱太上皇。嘉慶一朝，變亂不斷，白蓮教、艇匪、天地會、捻亂，中國一直在紛擾動盪不安中。

一八〇七年（嘉慶十二年），倫敦布道會教士馬禮遜（Robert Morrison）抵達廣州，這是新教傳入中國的開始。

誰也料想不到，不出半個世紀，竟然在這塊土地上冒出上帝的第二個兒子——耶穌的弟弟——洪秀全，苦心營建了一個地上天國。

一八一三年一月十一日（嘉慶十七年十二月九日），洪秀全在廣東花縣官祿㘵出生。父親洪鏡揚，母親王氏，大哥仁發，二哥仁達，此外，還有一個姊姊，一個妹妹；繼母李氏則沒有生下一男半女。洪秀全的祖先是從嘉應州遷來，所以使用客家方言。父親年高德劭，爲人公正，很受鄉里推重。洪秀全家裡有一兩頭耕牛，還養些豬、狗、雞等；兩個哥哥幫父親耕田，又種了些許瓜菜，全家食糧就靠這些供給。家境大概在小康與窮困的邊緣。照族中仁字輩的排名，洪秀全的本名應該是仁坤；因為八字五行缺火，所以小名叫火秀。在前述那場大夢以後，他才改名洪秀全。

洪秀全出生前一年，胡林翼在湖南益陽出生；左宗棠在湖南湘陰出生。再早一年，曾國藩在湖南湘鄉出生。和曾國藩同鄉的羅澤南則早在一八〇八年出生。這幾位都是後來湘軍的重要人物。

一八二一年，道光皇帝的新紀元開始，中國各地繼續不斷發生一些大小叛亂。第二年，洪秀全的同祖族弟洪仁玕出生，他在晚期的太平天國中扮演重要角色。一八二三年，創辦淮軍的李鴻章出生於安徽合肥。隔年，曾國藩的弟弟曾國荃也出生了。洪秀全日後的幾個重要對手都已經來到人間。

洪秀全從小就很聰明，七歲進私塾裡讀書，五、六年間就能熟背四書、五經、《孝經》，以及古文多篇。後來讀一些中國歷史及奇異的書，也都能一目了然。他的父兄和族人都希望他參加科舉，成就功名。

一八二七年（道光七年），洪秀全十五歲，第一次到廣州府參加童子試，不幸落榜。第二年，因為家計窘迫，無法再供他念書，洪秀全就擱下學業，在家裡幫忙農事，或者到山野間放牛。這是一般年輕而沒有能力做粗活的少年常做的事。然而，每個人都認為洪秀全這般人才中途輟學太可惜了。因而十八歲那年，族人和朋友延請他擔任本村的塾師，給了他進修和修養人格的機會。

洪秀全在家鄉教了幾年書。一八三六年（道光十六年），二十四歲時再到廣州應試，結果還是落榜，碰巧在同時得到基督教梁學善（阿發）的《勸世良言》這本小書。梁學善原是教會裡的排印工人，後來受洗，被任為牧師。一八三二年，他編印《勸世良言》一書，雖然有馬禮遜幫他修改潤飾，文字仍不明暢，意義也不清楚。一八三三年，梁學善曾在廣州向考生散發這本小書，發了五千本，後來因為巡捕干涉，剩餘的都散失了。洪秀全在無意中得到這本小冊子，當時只順手翻翻，瀏覽一下，並不怎麼在意。

一八三七年（道光十七年），洪秀全第三次到廣州應試又告失敗，帶病還鄉，回到家就作了那古怪的天堂夢。這場夢成了洪秀全一生的轉捩點，它的重大意義，在後面的敘述中會逐漸凸顯出來。

一八三八年（道光十八年），洪秀全依舊不死心，又到廣州應試，結果還是落第。只得又在離本村二十里的某鄉設館，當了幾年塾師。

一八四三年（道光二十三年），洪秀全三十一歲，鼓起勇氣做最後的嘗試，結果再度落榜。始覺悟由科舉取得功名是不可能了，失望憤恚之餘，決心另尋途徑。

這一年，洪秀全在蓮花塘一個李姓人家設館。一天，中表親李敬芳在洪秀全書櫥裡看到那本《勸世良言》，便借回去閱讀，覺得內容十分奇異。洪秀全聽他一說，就把那書仔細讀過，立刻大吃一驚，書中內容居然和六年前的夢中幻象那麼符合！洪秀全這才恍然大悟：原來夢中所見高坐的老人就是「天父上主皇上帝」，教他誅妖的中年人就是耶穌，妖魔就是偶像，兄弟姊妹就是指民間衆生。因而深深慶幸自己眞能找到了上天堂的路。洪秀全和李敬芳就按照書中所言，自己行了洗禮，並且搗毀偶像、撤去塾中的孔子木主。

不久，洪秀全從花縣蓮花塘回到官祿㘵，勸家人在天父上主皇上帝面前悔罪。起初，家人都認爲是無稽之談；洪秀全歷歷互證升天時說的話，才使家人信服，於是舉家在天父面前悔罪，拋開一切邪魔，遵守天條。洪秀全再向族弟洪仁玕勸說，仁玕信了；再向同往花縣的客家人馮雲山說，馮雲山也信了他。洪秀全就在馮雲山塾中爲二人行了洗禮，也撤去孔子木主。於是，兩人成爲洪秀全最早的革命同志。

此後，三人詳細研究《勸世良言》，因爲書中所述和洪秀全夢中幻象符合，就認爲這是上帝特賜他做世間眞主。於是他們就利用書中文字晦澀部分，做種種穿鑿附會（例如書中的「全」字，就説成是指洪秀全），目的在使人確信洪秀全是天父上主皇上帝次子降生，是要來拯救中國的。

七月中，洪秀全再度由官祿㘵回到蓮花塘，繼續教館，並且和李敬芳再研究《勸世良言》。八月，洪秀全到花縣五馬嶺布教，這時加入者有彭參平、彭昌玕、彭壽伯等人。

一八四四年（道光二十四年），洪秀全三十二歲。眼看元宵節要到了，官祿㘵的父老要洪秀全和洪仁玕書寫詩文對聯，頌禮神偶。兩人都一口回絕了。同時撤去塾中孔子牌位，導致學生紛紛退散，洪秀全和馮雲山相繼失去了教席。

四月初（陰曆二月十五），洪秀全和馮雲山偕同馮瑞嵩、馮瑞珍出遊。沿途販賣筆硯，以供用費，先後到廣東省城和順德，宣傳教義，教導世人。其中所經的廣州、順德、增城、從化、清遠、英德等地，都有不少的天地會黨徒。他們的目的也正是在結識同志。因此，這可以說是洪秀全、馮雲山實際從事革命運動的開始。他們的革命組織就叫做「拜上帝會」，一般稱作「上帝會」。另外，洪仁玕因爲家人不許可，沒有同行，不久到清遠當了塾師，同時乘機布教，受他洗禮的大約有五、六十人。

洪秀全和馮雲山等人從順德轉回，又遊歷了南海、番禺、增城、從化、清遠、英德、函江、陽山、連山等地，五月五日到了白虎圩。洪秀全想獨自去遊八排（位在連山），便打發馮雲山等三人回家。馮瑞嵩、馮瑞珍見路途艱難，便回花縣去了；馮雲山則陪著洪秀全繼續在傜區的荒山野路跋涉。過了四天，他們來到南江排（也在連山）一個姓江的塾師館中，江老師慷慨地接待他們。可是因爲與傜人語言不通，兩人留下幾本手寫的宗教小冊交給江老師散發，就出發到蔡江。

洪秀全說：

「我們不如到廣西去。」

於是又從蔡江到封川，然後從封川入廣西，經容圩、藤縣、大武、木落、蒙圩，五月二十一日到達廣西潯州府貴縣賜穀村，住在洪秀全的表兄黃盛均家。黃盛均的四個弟弟盛潮、盛乾、盛坤、盛爵也輪流接待他們。不久，洪秀全又遇上族弟洪仁球、洪仁正，就一起鼓吹勸人崇拜上帝。

當地有一座六窠廟，供奉著一男一女，據說很靈驗。洪秀全向當地土人打聽，原來當初此二人在這山中和歌，苟合而死，後人傳聞他們得道了，就立像祭祀。洪秀全聽完，笑著說：

「哪有這回事，凡間的人未免太愚昧了。他們淫奔苟合，當然上天不容，說是得道，誰聽說他們得的什麼道？」

於是作了這樣一首詩相斥：

舉筆題詩斥六窠，該誅該滅兩妖魔。
滿山人類歸禽類，到處男歌和女歌。
壞道竟然傳得道，龜婆無怪作家婆。
一朝霹靂遭雷打，天不容時可若何。

洪秀全在賜穀村住到九月，看表兄家裡貧苦，難以維持，心裡過意不去，就想回花縣。這時，黃盛均的兒子黃維正因事被捕，還陷在牢裡，黃盛均懇請洪秀全留下來營救。洪秀全叫馮雲山和洪仁球、洪仁正先回去，自己辦完事就趕上去和他們會合。洪秀全一面上稟知縣，一面勸說黃盛均等人只要拜上帝，黃維正就可以出獄。後來黃維正被釋放了，也拜上帝，遵天條。貴縣有不少人也因此信了他的教義。

十一月，洪秀全從貴縣到桂平尋訪馮雲山，後來聽說馮雲山回廣東了，就搭船回去。洪秀全回到廣東才知道，馮雲山先在桂平等了六、七天，等不到洪秀全，剛好遇到朋友張永琇，就叫洪仁球、洪仁正先回去，自己留在桂平，爲革命事業奮鬥。

一八四五年（道光二十五年），洪秀全三十三歲了，又在廣東花縣開館授徒，並且製作「原道救世訓」、「原道覺世訓」、「原道醒世訓」、「百正歌」、「改邪歸正」等傳教文書（均成於一八四五至四六年），還不時向洪仁玕發表他的排滿理論。同時，馮雲山在廣西桂平紫荊山布教，住在南坑沖張家，信從的人已有不少了。

第二年，馮雲山繼續在桂平紫荊山布教，住在黃泥沖曾玉珍家。曾玉珍的兒子曾雲正信道最篤，不但不拜偶像，而且時常侮弄偶像。九月間，馮雲山和曾雲正一度到貴縣賜穀村拜訪黃盛均等人，隨即回到紫荊山。這時，洪秀全還在花縣設館，繼續編纂各種歌訓，並且闡述他的排滿主張。

一八四七年（道光二十七年），洪秀全三十五歲了。三月，洪秀全與洪仁玕到廣州，會見了美國浸禮會教士羅孝全（I. J. Roberts）。在那兒待了一個月左右，並且被派到鄉下布教。洪仁玕一去就沒有回來。洪秀全回來後，又盤桓了幾個月，將《舊遺詔聖書》（舊約）、《新遺詔聖書》（新約）仔細閱讀，但始終沒有獲得洗禮，生活又沒辦法維持，於是他決定離開。

七月二十一日，洪秀全離開廣州，打算前往廣西。途中，遇上盜匪搶劫；到了德慶，盤纏用盡，幸虧同舟的旅客資助他，才能到達貴縣的賜穀村。大概在八月二十日，洪秀全到了黃盛均家，這才得知馮雲山的消息。過了幾天，洪秀全和黃維正抵達武宣，準備往紫荊山尋馮雲山。八月二十七日，兩人由武宣東鄉抵達紫荊山，在黃泥沖曾玉珍家見到了久違的馮雲山。洪秀全還見到許多新的信徒，太平天國早期幾個重要的人物都包括在裡面，其中有：

楊秀清，廣西桂平縣紫荊山裡面的平隘山新村（現在叫做東王沖）人。他出生在一個極窮苦的傭工家庭，五歲喪父，九歲喪母，幸賴伯父楊慶善扶養成人，在平隘山燒炭維生。他雖不識字，卻富謀略，相當有組織能力。馮雲山在向燒炭工人宣傳教義時認識他，就把心事告知，且共圖革命。

蕭朝貴，廣西武宣縣盧陸峝人。他生在一個貧農家庭。太平天國頒布的「天情道理書」說他「僻處山隅，自耕而食，自蠶而衣，其境之逆，遇之嗇，難以枚舉」。蕭朝貴爲人「勇敢剛強，衝鋒第一」。馮雲山入紫荊山，遇見了他，就將他結納到革命的陣營中。

韋正又名昌輝，廣西桂平縣金田村人。他生在富厚之家，把全部家產獻出來，和洪秀全等人同謀革命。

石達開，廣西貴縣人，父昌奎，母周氏。他生在一個富有農家，智勇雙全，是太平天國極孚衆望的名將。金田起事時，他才二十歲，已經是領左軍主將，被封爲翼王。

秦日綱，廣西貴縣人，雇工出身，他和前述幾人都參與了革命密謀。此外，平南花洲人胡以晃、桂平人盧六也都加入了上帝會。

紫荊山拜上帝的人不久就超過兩千，平南、武宣、象州、貴縣、鬱林、博白、陸川、藤縣、岑溪各地都有信徒，這是馮雲山兩年來努力的結果。洪秀全到了紫荊山，見到信徒遽增，精神大爲振奮，更加積極布道，並且做軍事上的布置。

十月，洪秀全從桂平紫荊山黃泥沖曾玉珍家轉到高坑沖盧六家居住。洪秀全聽說象州有個甘王爺廟，屢次顯靈，並且強迫州官爲他造龍袍。洪秀全詢問甘王爺當初如何出身，土人說：

「當初打死母親。」

洪秀全嘆息說：

「這正是妖魔啊！我先來救救這裡的百姓。」

於是率領馮雲山、曾雲正、盧六、陳利等人從紫荊山出發，先到象州，稍做歇息，次晨趕到甘王廟，州官製袍獻禮已經完畢，洪秀全當衆宣布了甘王爺十大罪狀，就命馮雲山四人動手，扯碎龍袍，毀壞偶像。洪秀全還題了一首詩在壁上：

題詩行檄斥甘妖，該滅該誅罪不饒。
打死母親干國法，欺瞞上帝犯天條。
迷纏男婦雷當劈，害累世人火當燒。
作速潛藏歸地獄，腥身豈得掛龍袍。

馮雲山也題了一首詩在壁上：

奉天討伐此甘妖，惡孽昭彰罪莫逃。
迫我弟妹誠敬拜，誘吾弟妹樂歌謠。
生身父母誰人打，敝首邪屍自我抛。
該處人民如害怕，請從土壁讀天條。

當時圍觀的民衆很多，州官也不敢和他們計較。第二天，洪秀全等人凱旋回紫荊山。此後，洪秀全的名聲傳聞更遠，信徒更多。

十二月中旬，洪秀全和曾玉璟從桂平紫荊山往貴縣賜穀村，途中經過武平，住在黃四家裡，布教傳道，又吸收了不少信徒。二十八日，廣西桂平的一名生員王作新，以馮雲山等人迷惑鄉民，結盟拜會，踐踏社稷神明，發動團練逮捕了馮雲山，交給保正曾祖光領下解官。上帝會的曾亞孫、盧六等人得到消息，聚衆將馮雲山搶救回來。這時，上帝會已經有幾千人的實力了。

一八四八年一月（道光二十七年十二月），桂平那位生員王作新向縣裡告了一狀，狀子上說：

曾玉珍窩結妖匪到家裡教書已經有兩年了，兩年來，迷惑鄉民，結盟聚會，大約有數千人，說是要從西番《舊遺詔書》，不從清朝法律；竟然大膽將左右兩水的社稷神明踐踏，香爐毀壞。學生等聽說了這種怪事，邀集鄉民耆老，四處觀察，果眞如傳聞所言。（陰曆）十一月二十一日，齊集鄉民，捉到了妖匪馮雲山，一同到廟裡，交給保正曾祖光領下解官。沒想到妖匪的黨徒曾亞孫、盧六等人竟然聚衆搶去，冤屈無處申告，只好聯名稟叩，乞求嚴拿馮雲山、曾玉珍究辦，使得神明洩憤，士民安居，百姓都得到父母官的恩澤。

狀子上說得很接近事實，署桂平知縣王烈的批辭卻著實將他罵了一頓。批辭說：

這道呈文眞夠荒謬。該名生員等既然都是讀書人，應該知道教條，如果眞有這種事，就該祕密呈稟，怎麼可以隨便用踐踏社稷的藉口，揑造大罪名來架控？是不是挾脅私怨，應該徹底追究。稍待就要嚴提雙方人證，問出眞實情形辦理，以遏止刁風，整頓法紀。

馮雲山知道此事，也遞上一封「爲遵旨敬天，不犯不法，乞究索詐誣控事」中訴說：

「一切上帝應當敬拜，是古今大典，看廣東禮拜堂懸掛的兩廣大憲奏章，和皇上的御批，都可以行文查證，教人敬天，沒想到卻被人誣告。」

又援引詩書裡頭稱上帝的文字共二十餘條，證明自己無罪。

一月中旬，王作新又率領團練捉了馮雲山及洪秀全、曾玉珍、盧六，並送往大湟（黃）江巡檢司王基那兒。王基將馮雲山、盧六押解到縣裡；把洪秀全、曾玉珍放了。王作新又把洪秀全和馮雲山傳教的「妖書」呈繳，說他們陽爲拜教，陰圖謀叛。

三月底，洪秀全從桂平回到廣州，想要根據一八四四年十二月十四日的釋天主教禁詔，向兩廣總督耆英申訴，營救馮雲山和盧六。可是，耆英已經在十天前北上，洪秀全只好回廣西。

馮雲山在獄中，洪秀全回廣東，上帝會失去了領導中心。這時，地方士紳和團練繼續爲難黨徒，搞得人心惶惶，洪秀全和馮雲山辛苦建立的組織眼看就要潰散，一番心血將要付諸流水。四月六日（陰曆三月三日），楊秀清藉口天父上主皇上帝下凡，降託在他身上，教導會衆，並差他代世人贖罪醫病。這樣一來，才將恐慌的人心再度凝聚起來。後來，楊秀清就成爲上帝在凡間的發言人，太平天國的天曆並且以這一天爲「爺降節」。

同時，馮雲山向潯州府控訴王作新架題陷害，請求知府飭令桂平縣提訊雪冤。知府顧元愷批示解縣查訊，桂平知縣調查的結果，認爲他的書只有勸善諸款，沒有叛逆情事，遣送馮雲山回廣東花縣原籍。在途中，兩名解差受馮雲山所感動，放了他，並且加入上帝會，折回紫荊山。馮雲山立即趕往廣東，追尋洪秀全；這時洪秀全正在回廣西的途中，兩人在路上錯開了。而和馮雲山一起入獄的盧六早已不幸死在牢裡。

十月初，上帝會衆搗毀桂平、貴縣神像，和官府起了衝突。這時，馮雲山已經回到廣東花縣，洪秀全折回去找他。大概是爲了激勵士氣，十月五日（陰曆九月九日），和楊秀清頗爲親近的蕭朝貴說是天兄救世主耶穌下凡，降託在他身上，教導上帝會衆。後來，蕭朝貴也成爲耶穌在世間的發言人，天曆定這一天爲「哥降節」。據說，當時還有其他人借託天父天兄下凡，等到第二年洪秀全回到桂平，由他判斷眞僞，才認定楊秀清、蕭朝貴是眞的。

十一月，洪秀全回到廣東花縣，終於和馮雲山會合。洪秀全的父親剛過世不久，他已經留起鬍鬚，蓄起長髮。

一八四九年四月上旬，楊秀清在廣西貴縣又借託天父下凡，教會衆遵守他的號令。六、七月間，洪秀全和馮雲山從廣東花縣回到廣西桂平。這年年底，洪秀全的兒子天貴（福瑱）出生了。一八五〇年二月（道光三十年正月），道光皇帝去世，四子奕詝被立爲皇太子。三月，皇太子奕詝登上皇位，以隔年爲咸豐元年。五月間，廣東信宜有凌十八兄弟拜上帝會於大寮，聚集了數百人，知縣宮步霄飭令查辦，並且告諭說，悔悟的人不予追究。六月底，候補四品京堂李純先的奏摺中，提到廣西亂事在平樂有紫金山一夥，這兩處似乎都和洪秀全的上帝會有關。

經過了這幾年，廣西各地變亂迭起，上帝會的勢力卻不斷茁壯。到了一八五〇年，在地域方面，以桂平紫荊山爲中心，西到貴縣，東到平南、藤縣，南到博白、陸川，北到武宣、象州，在黔鬱兩江流域千里之間的村落和山嶺裡，都散播了上帝會的種子。在人物方面，富農子弟的石達開，礦工的秦日綱，燒炭的楊秀清、蕭朝貴，以至土霸胡以晃、韋昌輝，儒生盧賢拔，訟棍黃玉崑，當鋪老闆周勝坤、吳可億和流氓林鳳祥、李開芳等，代表著各式各樣的社會裡都有接受上帝會宣傳的人，而以貧農和從農村流離出來的飢民或從貧農化身的流民、苦工、地痞、土棍為基本群衆。

洪秀全冷眼看著紛亂的社會，看著實力雄厚的會衆，彷彿看到天堂的窄門已經為他開啓，聽到一個慈祥的聲音說：

「天國近了。」

五月，大概為了掩人耳目或預造神蹟，楊秀清忽然又「口啞耳聾，耳孔出膿，眼內流水，幾成病廢」。六月，洪秀全得到上帝的啓示，這年將降大災，眞信上帝者得救，不信者難免。九月後將無人煙，應速召親屬前來。於是派遣黃盛爵、侯昌伯到廣東花縣接他的眷屬過來。似乎，洪秀全已經部署妥當，只等時機一到，就要吹起革命的號角，營建他的地上天國。

二、迷途羔羊

洪秀全、馮雲山於一八四四年（道光二十四年）第一次入廣西，短短幾年間，建立了廣大的群眾基礎，掀起一場驚天動地的大革命。是什麼原因讓這些迷途羔羊那麼欣喜地聆聽上帝的福音，接受洪秀全簡陋的教義，投入太平天國革命的洪流？這就得好好考察一下他們的時代與環境。

經濟是民生的第一問題，在中國歷史上，廣大民眾爲了求生存被迫揭竿而起的例子很多。清代在號稱盛世的雍正、乾隆時代，已經明顯出現豪富兼併的情形，人口又隨時代而日增，加上道光中年的金融外溢、道光末年的大災荒，許多人確實已處於活不下去的困境中。

豪富兼併可以分兩方面來看，一方面是地主兼併，另一方面是商人富戶的積聚。

地主兼併的情形可以追究到金田起事前一世紀。康熙時代，稻穀登場時節，一石米不過銀二、三錢；到了乾隆初年，增加到五、六錢。乾隆帝眼看米價連年騰升，每每下旨傳諭各省督撫仔細研究原因，據實陳奏。一七四八年（乾隆十三年），湖南巡撫楊錫紱應詔上了一篇〈陳米貴之由疏〉，當中有一節論米價騰貴是由於田歸富戶的緣故，說明了當時社會上兼併的情形，疏文說：

臣以為（米價騰貴）是由於田歸富戶。開國之初，地比人多，所以地價賤；承平之後，地足以養人，所以地價平；太平日子久了，人比地還多，所以地價貴。以前每畝一、二兩銀的地，現在漲到七、八兩；以前七、八兩的，現在漲到二十幾兩。有些人窮得沒辦法了，就只有賣地，賣了又沒有能力買回來；有些人有錢了就買地，買了可以不賣。近日田歸於富戶的，大約有十之五六。以前有田的人，現在變成了佃耕戶，每年收入難以維持一年口食，必須買米接濟。而有錢人在稻穀收割以後，沒有好價錢就不肯賣，操縱了糧價高低。一樣東西，一個人買，價錢不會增加；十個人搶購，一下就抬高了，十個人賣，價錢不能求多；一個人壟斷市場，就可以漫天叫價了。這樣，米穀怎麼會不貴呢？

楊錫紱這道疏文並不是單指湖南一省，而是就各地一般的情形來說，因此，從這道疏文可以看出當時地主兼併的梗概。

不過，要明白那時代地主兼併的情形，最好從清廷不能保障旗人各有其田這件大事來看。滿人初入關，就訂有圈占民間房地安置旗人的辦法，並嚴訂私賣給漢民的法令，以保障每個旗人永遠有田可耕。可是，不到一個世紀，旗人的土地有一半都被漢人地主兼併了。所以，一七二九年（雍正七年）就有下諭動支內庫贖回旗地的事。雍正的上諭說：

我朝向有定例，八旗地畝，原來是旗人產業，不准典賣給人。如今竟然有典賣給人的，但因相沿已久，可以從寬免其私相授受之罪。現在，各旗務必將典賣給人的土地，一一清出，奏請動支內庫銀，照原價贖回，留在各該旗，給限一年，令原業主取贖，如果逾期不贖，不論本旗及別旗人，都准予照價承買。

這個救濟辦法，只給富有的旗人以廉價收買土地的好機會；對於貧窮的旗人，卻絲毫無補，他們是「貧而後賣，既賣無力復買」，只能徒呼奈何。這個辦法行不通，清廷又竭力給八旗營謀恆產，但是始終沒有好法子。因爲土地問題的解決是全面的，不是局部的，清廷只圖旗人都有田耕，卻不知道旗人所以無田可耕，就是因爲國家大量的土地已經漸漸集中在少數地主手裡。大多數原來有田有地的漢人，早已淪爲佃農，一小部分旗人又怎能例外！所以，一七四〇年（乾隆五年）御史范咸的〈八旗屯種疏〉就說：

對於滿洲八旗的生計，主上關切多時，而恆業到現在仍然未定，實在是內地已經沒有閒田，因而就經營籌畫滿漢兩族的田產來看，實在是非常困難的。

第二年，戶部侍郎梁詩正的〈八旗屯種疏〉也說：

爲臣一年來，再三爲旗人籌設久遠的辦法，竊以爲內地已經沒有閒曠的田地。可見，清廷愛護旗人雖然是無微不至，但帝王的權威終究敵不過社會經濟狀況的推移。兼併的烈焰既已吞沒了貧窮旗人的土地，就算是帝王也無法抗拒。

從這一件大事看來，一般農民的被兼併應該更嚴重。楊錫紱所說，當時田歸富戶大約十之五六，從前有田的人，都變成了佃耕戶，大概和事實相去不遠。所以，乾隆年間的大地主，甚至有被稱爲「膏腴萬頃」的富豪，例如直隸懷柔郝氏，以一七六六年（乾隆三十一年）全國總耕地來計算，郝氏一家便幾乎占了七百分之一。像郝氏這樣的大地主，大概沒有幾個。不過，從一七四三年（乾隆八年）漕運總督顧琮請求施行限田制度，每戶以三十頃爲限，以均貧富一事看來，可以知道當時擁有三十頃土地以上的地主是多麼普遍。乾隆時代，地主兼併的情形已經到了這種地步，嘉慶、道光年間更不用說了。

商人富戶的積聚有兩種普遍的現象：一是居奇。在乾隆時代，富商大賈挾其鉅資，買賤賣貴，歲入往往數萬金，富者資財以數百萬計。甚至有屋宇千餘間，園亭環麗，遊十日而未能竟全貌的情形，如京師米商祝氏，宛平查氏、盛氏的商人。

第二種是典當業和高利貸。以典當業起家而至數百萬的人，從乾隆、嘉慶以後是常有的事。如洪秀全太平天國發難的故鄉，廣西省潯州府貴縣林羅兩姓，在嘉慶、道光年間，都因爲經營典當業，聚積了二百萬以上的資財，並稱一縣首富；當時兩姓的當鋪遍布全縣各鄉鎮。一縣如此，可見全國各地的情形應當相差不遠。

與典當業性質相近的是高利貸。一七八六年（乾隆五十一年）河南巡撫畢沅奏有山西等地富戶乘河南饑荒，多數人家往往變賣恆產餬口的時候，聞風來到河南，舉放利債，藉此賤買田畝的事情。又乾隆年間，《金石萃編》的編者王昶寄友人書中，記有吳中某縣令杖責欠債未還的窮秀才，以媚富戶之獄的事例。富人放債遠及他省，本地枯槁情形可想而知；秀才欠債未清，還免不了杖責，平民困苦可想而知。從這兩件事可以看出當時高利貸的普遍與債主的威焰。

昭槤的《嘯亭雜錄》記乾、嘉以來的富戶，說是「海內殷富素豐之家，比戶相望」，這些富戶的資財就是從買賤賣貴的居奇，與剝削平民的典當業及高利貸中得來的。

豪商富戶對民間的剝削，明顯易見。倒是地主對佃戶的剝削，造成佃戶的貧乏痛苦，有必要追究一下。清代田租的數額，普通是每畝收穫的半數。地主安坐家中可以得一半的收成，佃農在田租之外，還得負擔有關田事的一切費用，剩下的米糧往往不夠一年衣食。道光時的章謙在〈備荒通論〉裡，曾經替當時佃農的生活做過估計，他說：

> 農民所以常比其他行業的人困窮，在於其他行業的人即使貧困，只須謀口食，就可以過得去。而農民不止要謀口食，耕田的耒耜要錢，種子要錢，罱斛要錢，僱募要錢，祈賽要錢，牛力要錢；大略計算一下，大概需要一千錢。耕種一畝田需要一千錢，上農耕田二十畝，除了口食之外，耗於田事兩萬錢。不豐不荒的年歲，一畝可以得兩石米，還給田主租息一石，於是耕二十畝田，就是剩下二十石米的收入。在春耕期間，正是急需米糧的時候，米價一定很貴，平均計算一下，每石米要比平時貴一千多錢，因此佃農不得不借貸於有錢人家。然而富人多數好利，他們趁佃農們最窘急的時候，勒索四、五成的利息，以八個月來計算，大約是以兩石償還一石。原先倖存的二十石，在秋收時又遇到米價低賤，富人乘賤索討下，更所剩無幾了，因此能夠暖不號寒，豐不啼飢，平安過一年的也沒有兩三家。

這就是當時佃農的生活，在豐熟的年頭，還不免於負債、捱飢寒；遇上災荒的日子，不知道要淪落到什麼地步。

一方面是，少數的大地主、大富豪過著奢侈安逸的生活（如懷柔郝氏曾經招待乾隆皇帝，一天的餐費就花了十餘萬。一般地主富商平日則是「席富厚，樂驕逸，詠調舞歌，窮園林亭沼倡優巧匠之樂」）。另一方面是，廣大的貧農過著樂歲尚且飢寒，凶歲則塡溝壑的悲慘生活。這種社會無疑存在著嚴重的矛盾，偶爾迸發出衝突的小火花，反而使矛盾繼續累積加深，到洪秀全領導的太平天國出現，便做了一次最猛烈的爆發。

和豪富兼併相對應的問題是，雍正、乾隆以後，人口急速增加。

清初人口的統計並不可靠，因爲當時丁徭制度仍沿襲明制，有丁就有賦，民間爲了逃避賦役，都不願報上確實的人丁數目。直到一七一二年（康熙五十一年），才定下丁額，以後所生的人丁叫做「盛世滋生人丁」，永不加賦，而且五年編審一次。雍正初年，又定了「丁隨地起」的制度，直省丁賦以次攤入地糧，於是夫徭口賦一切都取自田畝，編審的辦法既然放寬，也就沒什麼減匿的弊病了。不過，要到一七四〇年（乾隆五年），戶部請停編審，定以保甲丁額造報的制度，調查的方法才漸漸嚴密，戶口的數目才大致確實。一七二〇年（雍正八年）人口統計數只有二千五百四十八萬餘，一七四一年（乾隆六年）就增加到一億四千三百四十一萬餘，並不是十一年間人口的數目增加了五倍，而是一七四一年保甲造報開始，才得到一個比較真確的數目。

根據《東華錄》的記載，一七四一年到一八五一年（乾隆六年到咸豐元年），每十年的人口都有增加，當中只有兩次例外：一次是一八〇一年（嘉慶六年）較前十年減少六百萬，原因出於川、楚白蓮教之亂；一次是一八二一年（道光元年），原因未明。所以，一七四一年全國人口只有一億四千三百四十一萬一千五百五十九，到了一八五一年，人口就達到四億三千二百一十六萬四千零四十七，前後一百一十年當中，增加了三倍弱。一八五一年以後，太平軍北出，戰禍蔓延全國，人口才開始銳減。

人口急速增加，耕地是不是也在增加？增加的數額是不是趕得上人口的增加？

一六六一年（順治十八年），全國有田五百四十九萬三千五百七十六頃，一六八五年（康熙二十四年）增加到六百零七萬八千四百三十頃，一七二四年（雍正二年）又增加到六百八十三萬七千九百一十四頃，但是這一年的上諭卻說：

我們國家休養生息，幾十年來，戶口漸漸增加，而土地就只有這麼多，如果不是天下農民竭力耕耘，兼收倍穫，想讓家家戶戶豐盈安適，那是不可能的。

一七四八年楊錫紱〈陳明米貴之由疏〉中，駁乾隆帝謂「米價騰湧非因戶口滋繁之論」也說：

戶口多，需要的米穀也多。雖然幾十年來不是沒有開墾荒地，但如今也沒多少地可以開墾了。因此，戶口增加造成米穀的價格逐漸上揚，是必然的趨勢。

可見，雍正、乾隆年間，戶口增加已經漸漸成為社會上的問題。所以，一七二七年（雍正五年）就有湖廣、廣東、江西、廣西等省人民，挈家向人口稀少的四川移殖的事。乾隆初年以後，田額仍有增加，一七六六年（乾隆三十一年）增加到七百四十一萬四千四百九十五頃，一八一二年（嘉慶十七年）更增加到七百九十一萬五千二百五十一頃。可是，增加的比例遠遠追不上人口的增加。而且，一八三三年（道光十三年）竟減回七百三十七萬五千一百二十九頃，反而比一七六六年少了三萬九千三百六十六頃。

雍正、乾隆年間，人口增加還不十分劇烈，土地也日有增加，但是朝廷已經有土地不夠分配的憂慮，社會上也出現因人口增加以致米價騰貴的恐慌。而人口增加率最高的嘉慶、道光時代，田額反而減少。此時，即使沒有豪富兼併，耕地也早已供不應求，更何況兼併的火焰又與時俱長！

這些不斷增加的人口，在當時，既沒有新興的都市來容納他們，而移民殖邊的政策，政府不但不舉行，反而把滿洲封鎖，禁止漢人移殖，即使蒙古、新疆等地，漢人也不是輕易去得的。所以這些人當中，除了南方一小部分人流浪到海外謀生，或在內地尋得苦力的工作（如碼頭腳夫、長途擔夫、漕船水手等）外，大部分沒有出路的便流爲遊民、流氓、煙販，甚至當了鹽梟、盜匪，他們可以說是太平天國革命運動的預備軍。

土地問題和人口問題在十九世紀初年即已造成嚴重危機，這時候，又因爲對外貿易的關係，引起金融外溢的現象。這種現象直接造成銀貴錢賤的大恐慌，更加深了原已嚴重的經濟危機。

金融外溢，主要是由於鴉片輸入的劇增。從一八二一年（道光元年）起，鴉片的輸入一年比一年增加，每年耗銀平均在一千萬以上。以十年計算，就在一億兩以上，以二十年計算，大概超出三億兩（後期輸入數量增加很大，但統計數字並不完整）。這時，中國輸出的貨物與此相較之下，顯得微不足道。從一八二七年至一八三三年，前後七年間，中國實際上輸出的紋銀大約在三千七百萬以上。一八三三年以後，金融外溢更厲害。一八三八年（道光十八年），英國輸入中國的貿易總值是二千四百七十八萬五千四百六十二元，中國輸到英國的貨物卻只有二千二百萬四千七百元，其中包括金銀一項將近九百萬。所以，這一年，中國實際輸出紋銀就超過了一千萬。

道光時代，尤其是鴉片戰爭前幾年，中國金融不斷外流，造成了銀荒，於是銀貴錢賤。清代幣制雖是銀錢並用，民間則以用錢爲主，如地丁錢糧的輸納，市面的交易，工資的交付，都以錢折銀計算。所以，銀貴錢賤，對民生的傷害很大。道光初年，銀每兩換錢一千一、二百文，超出法定價格一、二百文。一八三八年，每兩換到一千六百文。一八四五年（道光二十五年），京中每兩易錢幾及二千文，外省則每兩易錢二千二、三百文不等。這時銀錢的價值比例，平均是以前的兩倍，而較貴時幾乎到了三倍。這種情形反映到民生上，有兩項最重大的影響：一是自耕農無法完納錢糧；二是傭工無法維持生活。自耕農擁有的是農產品，農產品換得錢，而國家錢糧則徵收銀兩，以錢折銀，在從前銀價賤時，折納容易，沒有什麼問題；到了這時候，以前一兩銀換不到千文錢，現在換到二千有餘，國家課徵銀，民間繳納錢，折錢的數目自然跟著銀價的日昂而增加。一八三九年，徵錢糧一兩，定價收錢一千八百五十文，後來漸漸增加到二千餘文，甚至二千八、九百文。而農產品價賤，賣的錢比銀價平時還低。所以民間完納錢糧，「動以昔日兩年之賦，足今日一年之額」，「朝廷自守歲取之常，而小民暗加一倍之賦」。那些無法完納錢糧的自耕農，受不了那「吏役四出，晝夜追比，鞭扑滿堂，血肉狼藉」的痛苦，只好拋棄土地，走上逃荒的路。傭工的情形也差不多，當時人吳嘉賓在〈擬上銀錢並用議〉中就說：

> 銀每兩值錢二千，傭一年工，頂多得一萬錢，只能換五兩銀。負債流亡的人那麼多，實在是由於這個緣故。

自耕農和傭工，是富豪兼併及人口劇增的社會裡倖存的人物。現在銀貴錢賤的大浪潮把他們吞滅了，他們無法保住自己的土地，維持自己的工作，不得不走上流亡的道路。同時，進口的洋布洋棉搶去土布土棉大量的市場，起初只是東南各省，後來擴及內地，農村就越發蕭條了。

土地問題、人口問題已經那麼嚴重，而外來的經濟侵略適時再加上一把勁，將人民的生活推向谷底。到了道光末年，中國社會又遇上連年的大災荒，各地的人民流離失所，餓莩遍地，洪秀全領導的大革命就從災荒哀號聲中爆發出來。

這場連年的大災荒，可以從一八四六年（道光二十六年）說起，到一八〇五年（道光三十年）止。受災的省分，黃河流域有直隸、河南、山東、山西、陝西、甘肅六省；長江流域有湖南、湖北、安徽、江西、江蘇、浙江六省。災荒的種類包括旱災、水災、風災、風沙、雹災、歉收等。其中尤以一八四七年河南全省的大旱災，一八四九年長江流域的湖北、安徽、江蘇、浙江四省大水災最爲嚴重。河南大旱災的來襲，正當兩次大工之後，民間元氣尚未恢復，又沒有什麼積蓄，大災荒一來，免不了流離顛沛。從道光帝兩次上諭所述的緊迫情形，可以看出這次災情的嚴重。七月癸卯諭說：

鄂順安奏河南省缺雨，災民亟應籌款賑卹一摺，已經飭令戶部速議具奏。想到河南兩次大工之後，元氣未復，人民少有蓄藏，在這苦旱異常的時候，小民顛沛的情形，實在不忍多想，若等該部籌議章程，恐怕緩不濟急，即使撥運近省庫款，也覺得難救燃眉之急。朕在焦灼之餘，幾乎廢寢忘食。

八月丁未又下諭說：

本年河南省開封等府屬雨澤稀少，二麥歉收，幾經加恩撫卹。昨日又據鄂順安奏道該省亢旱異常，報災幾乎遍及全省。當即降旨飭戶部發銀十萬兩，並於鄰近省分籌撥銀二十萬兩，星速解往備賑。命領解各員，不分晝夜，迅速解往該省驗收，不得延誤干罪！

至於湖北、安徽、江蘇、浙江四省的大水災，又較河南旱災更爲嚴重，道光帝上諭說是「較歷屆尤爲寬廣」；《清史紀事本末》說是「水之大，爲百年所未有」。水災起於夏初四月間，直到秋初，江水還沒退，江南、浙江、湖北各省文鄉試都因此改期，災區前後被淹了差不多四個月。據駱秉章自訂年譜記載他所見武昌的水勢：

城不沒者只一版，城內水深至簷，外出都須乘船。

城內如此，城外的情形可以想像：武昌一地如此，受災各地的情形大概差不多。因為大水淹沒的時間很長，水勢又浩大，所以災情很嚴重。當時武昌一地的災民，就有十六萬三千人。四省災民之多，可想而知。

這兩場大旱災大水災，災情的嚴重當然少有。然而，前面所說其他各省連年的災荒也不輕。如一八四六年六月，山東臨清等三十八州縣旱災風沙災；一八四七年九月，直隸安州等三十六州縣水旱災雹災；十月安徽泗州等三十九州縣水旱災等；這些災情都是遍連幾十個州縣的。據民間湯象龍的「道光末年受災縣數表」的統計，當時平均每年受災的有五百餘縣，其中災情嚴重需要賑濟的，一八四七、四八、四九三年，平均每年在一百縣以上。這場連年的災荒，災區的廣大，災情的慘重，由此可見。

大災荒的時候，清廷原來有賑濟的辦法。但是，官吏辦理賑務向來有兩大弊端；

一是浮冒剋扣；二是敷衍了事。浮冒剋扣，賑款大都進了胥吏私囊，災民得不到多少實惠。雖然嚴旨屢下，卻等同具文，而欽派查賑大員即使清廉嚴正如林則徐、陶澍這些人，也只好嘆說「災賑之弊，悉數難終」。至於敷衍了事，大則匿災，小則遺漏，災民同樣得不到救濟。道光時人楊士達親眼見到湖北大水災時的賑災情形，曾經很沈痛地寫道：

「我們國家紀綱整肅，庶政盡歸核實，對於荒政獨寬，所以救荒之善，超越前代。近日立法美意漸失，在上則司農告匱，在下則紳富凋殘，有司奉行，只求節省敷衍了事而已。因此匿災與冒賑，浮濫與遺漏罪狀相等。現在州縣大都盡量匿災，大吏又只防其浮濫，災民因此更困苦了。」

在災荒中，當然是農人最苦；農人當中，又以佃農更為痛苦。前面曾估計，佃農的生活平時已經困苦難捱，現在又遭到大災荒，毀了收成，奪了農時，甚至壞了田廬房舍，窘狀可想而知。即使沒有胥吏中飽，匿災遺漏，每個人得到賑濟，也只能苟全性命於一時，災後仍沒有辦法生活。事實上，當時賑務存在著那麼大的弊端，要苟延性命也不容易。於是，一批批的災民拋棄了土地，攜妻帶兒去逃荒。太平軍北出湖南時只不過數萬人，到了長江流域，沿途男女蜂擁加入，不到一年，人數就超過兩百萬。有一部分原因就是這連年大災荒釀成的。

清代並沒有出現特別昏庸的皇帝，也不乏有識之士，如果政治清明，多少可以緩和一下社會的矛盾，紓解民生的困難。但是，當時政治上卻充滿貪污的風氣，士大夫甚至公然言利，不以爲恥。人民不但不能靠政府而得到解救，反而要忍受官吏虎豹豺狼般的搜括與壓迫，簡直就如雪上加霜，令人怨怒卻又無奈。

清代貪污風氣的形成，有三個主要原因：一、清初朝廷的提倡；二、賣官鬻爵；三、清初酬勞功臣的分贓制度。

清初朝廷提倡士大夫務利，用意有兩點：一是鑑於前明士大夫好名專權，結社聚徒，放言高論的流弊；二是企圖以利祿消磨漢族士大夫的氣節，使他們對故國的依戀改爲對新朝的忠順，關於前者，清人管同、郭嵩燾都說得很透徹；關於後者，清人有所顧忌，自然不敢多嘴。這個政策很成功，一般士大夫都是「唯利之趨」，到了「倚勢營私而終歸不知恥」的地步，清廷達到了豢養順民走狗的目的，但政治貪污的風氣也從此造成了。

清廷在入關之初，就開了捐納的例子。一六四九年（順治六年）戶部奏道軍旅繁興，歲入不給，商議開捐生吏典等捐納。康熙、雍正兩朝，西北用兵也都藉捐納來補國用的不足。因此，捐納的名目、路子很多：京內捐納的官，起初不過是中書閒曹，後來就上及主事員外等項；京外捐納的官，起初不過是有下僚，後來就上及道府等項。於是有「早上還是平民，送上一千七百兩，晚上就是堂堂縣令了。再送上一千兩就優先擢用。再送上一千兩就立即擢用。總計不過三千七百兩，就授與一個小縣，而煙火萬家皆歸管於他的政令下，光榮極了」。更有「早上還是百姓，晚上就以五千兩當了知府」。朝廷的爵祿既然可以買賣，制度就足以使「天下無廉吏」，而捐官納爵的人，無非爲利祿打算，當然要拚命壓榨百姓，連本帶利撈回來。清初有見識的人士如宋德宜、蔣伊、王命岳都曾痛切反對這個制度，可是，清廷生財無力，一直不能痛下決心，停止捐納。乾隆帝即位之初，曾經一度下諭停止捐納事例，不久又因爲江皖之災，重開捐例。後來因爲河工軍需，也有特捐；又有平常事例捐、專捐貢捐等項。到了嘉慶、道光兩朝，國事益敝，捐納事例更是屢開不已。又屢開特捐，如川楚、土方、衡方、工賑、豫東諸例。軍需、河工、賑濟大都在這裡籌撥。這時，清廷已把捐納當作正當收入，靠這筆款項來度過財政上的難關，於是吏治更無法過問了。

至於清初獎賞功臣的分贓制度對於政治的影響，民國湯象龍在論粵海關監督舞弊的起源中曾說明：

粵海關監督的權限是異常廣大的，對外貿易之操縱全在一人之手，對內稅收的報銷亦由一人包辦。這種包辦制在清代原是很通行的，即每年繳納政府所額定的數目後，其盈餘稅銀監督可以自由處分；換句話說，在額定數目以外，政府容許監督有分肥的機會。這種包辦制度的起源，一方面是因爲清初滿洲人與漢人的隔閡，採取這種制度在稅收上比較有效；一方面是利用這種制度，以獎賞宗室近親及有功勳者，所以在清代各關的監督大半由滿人充當。明白一點說，這就是一種分贓制度。在這種情形之下，粵海關監督的舞弊機會自然又多又容易。

粵海關這樣，別的稅收機關也這樣。這種分贓制度，清廷初時的用意是獎賞有功勳的人，到後來，一切管理稅收機關的人，都視「分肥」爲應享的權利，推而至於軍需、河工、賑濟，都是如此。政治的貪污，有一部分便是這個分贓制度的影響。

在這種風氣下，當時官吏的污跡實在難以盡述。最顯著的：如康熙年間司財政者侵漁虧空的事件，當時各省挪缺侵蝕，動輒千萬，督撫也串同作弊，幫助屬員，容隱掩覆，朝廷勒限追捕的命令，不過一紙虛文，歸案的絕少，新官到任，雖然有虧空，在上司的逼迫下，也不得不受，又使後繼的人輾轉效尤。乾隆時代，和珅當國，更是有名的貪污大王。那時，上司對於屬員有派買貂參金珠的明文，屬員對於上司有玄狐珍珠的餽送。當時督撫如國泰、王亶望、陳輝祖、伍拉納、浦霖等，都投託和珅門下，貪贓枉法，侵虧公帑，動輒數十百萬。一七九九年（嘉慶四年），和珅伏罪，家產先後查抄，估計其值不下八億兩。一八四一年（道光二十一年），又有庫案發生，戶部庫銀計前後被司員通同盜蝕共至銀九百二十五萬二千餘兩。這些鉅大贓款，不管是侵蝕公帑或搜括民間，都是人民的血汗累積來的。

這些貪官污吏，一方面多方婪索，窮刮民膏。另一方面則貪贓枉法，使「富貴者諗惡不究，貧賤者銜冤莫申」。原來已經夠困苦的人民，不但不能指望政府救濟，還得忍受這班人的欺壓搜括，難怪洪秀全的天國福音那麼吸引人了。

經濟上問題重重，政治上貪污嚴重；至於軍備方面，滿清政府的統治力，從乾隆、嘉慶以後，已經日漸衰弱。到了鴉片戰爭之後，滿清政府的顢頇無能，軍隊的驕頑疲弱，更完全暴露出來。

滿清的軍隊有八旗與綠營。原先讓明兵聞風喪膽的八旗，入據中國以後，以征服者的地位，養尊處優，漸漸消磨了新興民族的銳氣。到三藩起事時，八旗的戰鬥力已遠遜於入關時。康熙帝平定三藩，主要是依賴效忠滿清的漢人趙良棟、蔡毓榮等。後來乾隆帝平定準部、回疆、金川，雖然還是八旗、綠營並用，但是軍隊戰鬥力仍以綠營為主。一七八一年（乾隆四十六年）有增兵之舉，實在是乾隆帝有鑑於八旗已不可用，而不得不增加兵額，以應付他日非常的事變。

乾隆帝的確有先見之明。不過，承平日久，綠營的暮氣也漸深，將領薰染官習，兵卒則驕頑疲弱。到了嘉慶初年，川楚白蓮教之役，綠營兵力也不能用，清廷依賴的是鄉勇團練的力量。川楚白蓮教平定後，清廷並沒有再整頓廢弛的軍備。年復一年，積弊更重。到了道光年間鴉片戰爭之役，清軍根本不堪英軍一擊。這時，滿清兵力的衰弱完全暴露在民衆眼前。相反的，當清帥在廣州城上豎了白旗，在廣州城東北村中的英軍，立刻遭到三元里一帶的村民襲擊。

當時有識之士都看出這件事暴露了大危機，如廣東臬司王廷蘭〈致閩浙顏制軍書〉說：

提取庫裡的黃金，只有心酸；豎起城上的白旗，能不髮指！擔心的是一蹶不振，從此被外夷所輕，更恐怕無賴匪徒，漸生內地。側身四望，天下能擔當重任的還有幾人？

〈羊城日報〉記廣勇一節也說：

百姓以兵不擊賊（指英軍），反而阻止鄉勇截殺，自然都是心懷激憤，更加輕視官兵了。

夏燮在他的《粵氛紀事》一書追究太平天國起事的來源時，說得更透徹。他說：議論的人只看到廣西惡化的情形，卻不知道亂源在廣東。琦善和義律交涉的時候，廣東的民衆謠唱說：「百姓怕官，官怕洋鬼。」到三元里之役，廣東鄉民襲敗英軍，就興起團練的局面。不久，聽說和議已成，積忿不能平，於是有次年的揭帖之變，官府極力出示安撫，並謝絕洋人入城。於是廣東民衆又歌謠說：「官怕洋鬼，洋鬼怕百姓。」竟然能讓官府所怕的人覺得可怕，廣東的百姓就漸漸玩弄官府於股掌之間了。

從「百姓怕官，官怕洋鬼」到「官怕洋鬼，洋鬼怕百姓」，這是多大的轉變，清廷威信完全墜地，軍隊失去了恐嚇鎮壓的作用，人民再也沒有顧忌了。於是，洪秀全可以放手去做他的革命事業，群衆也蜂擁到他旗下，一起「犯上作亂」。洪秀全入廣西，正是在這個年頭。短短幾年，就實現了他的夢想——建立一個地上的天國。

三、天路歷程

金田起事的時間，各方記載頗有出入。歸納起來，一般認爲在道光三十年八月至十月間。但是，忠王李秀成被清軍俘獲後的供狀卻寫：

「道光三十年六月，金田、花洲、陸川、博白、白沙石同日起義。」

杜文瀾的《平定粵寇記略》就採用了這個說法。李秀成並沒有親身參與金田起事，他正式投入太平軍是在翌年西曆九月間，供狀又是十四年後在獄中追記，錯誤頗多。因此，李秀成的說法似乎不可信。不過，供狀中已經明言：

「起義的地方，和我家西隔七八十里，都是崎嶇的山路，這時，我在家裡得知金田起義的消息。」

那麼，李秀成當時已經得知洪楊起兵消息，事後追述雖不能確定爲某月某日，但以時令季候的觀念來講，也沒有誤記三四個月（一季）的道理。而且李秀成當國執政時間頗長，對於太平天國的歷史應該有相當的認識，應該知道舉義的時間。可是〈天情道理書〉中有一段寫：

「及至金田團營，時維十月初一日，天父大顯權能，使東王忽然復開金口，耳聰目明，心靈性敏。」

這份太平天國官書明白標出的「十月初一日」，似乎可以指金田舉義的日子，也可以指東王復開金口的日子，或是兩者同指。〈天情道理書〉在咸豐九年（一八五九年）曾經改刻，李秀成一定看過，如果金田團營在十月初一日，絕對不至於誤記在六月。再看第一章所述洪秀全得自上帝的啓示，則五月間洪秀全已經準備起事，擬定的時間就在八月以前。另外，張德堅編纂的《賊情彙纂》卷四〈僞家冊式〉，在「後二軍軍帥梁立泰」條下有註文：

「庚戌年（道光三十年）七月在金田入營，八月封前營長東兩司馬，九月升前營旅帥。」

更可以證明道光三十年七月以前洪楊已經團營起事。因此，所謂六月舉兵的說法就更加可信了（此段所提月日都是陰曆）。

因此，金田起事的時間，這裡就以李秀成的說法爲準。然後，我們來看看洪秀全如何建立和發展他的太平天國。

一八五〇年七月（道光三十年六月），上帝會衆在廣西潯州府桂平縣金田村團營起事，平南、貴縣、武宣、陸川、博白各地同時響應，蓄髮易服，以驅除胡虜、毀滅神偶、拜眞上帝爲號召。當時，洪秀全、馮雲山在平南花洲山人村胡以晃家；楊秀清、蕭朝貴、韋昌輝、石達開、秦日綱在金田韋昌輝家，同時，廣東信宜大寮上帝會衆凌十八、凌二十八兄弟等人砍傷官兵，聚衆數千人，壘石據險以自衛。他們大概和洪秀全等人預先有聯絡，李秀成供狀說道光三十年六月各地上帝會黨同日起義，信宜似乎也應包括在內。

起初，上帝會的舉事並沒有引起官府太大的注意，地方大吏的注意力主要還是擺在天地會。八月二十日，石達開召集了貴縣龍山的上帝會衆千餘人，聚集在貴縣、桂平交界的白沙墟，豎起木頭做東西轅門，並且開爐鑄炮；在這裡屯紮了三十幾天，然後前往紫荊山和大隊會合。這時，廣東信宜的上帝會凌十八等人和官兵作戰，互有勝負。九月底，廣西潯州府副將李殿元和桂平知縣倪濤，以金田的上帝會衆毀滅神偶、藏隱盜匪、圖謀不軌爲由，率兵前往捕拿。韋昌輝等人聚衆相抗，殺了巡檢張鏞，從此，地方官再也不敢過問。這是上帝會與官方武裝衝突的開始。這時洪秀全等還在平南花洲山人村。

十月，廣西陸川的上帝會黨賴九（賴鐵九）到鬱林州水車傳教，威脅民衆入會，得了幾千人，打敗知州顧諧庚的人馬，然後前往金田投合。這時候，洪秀全、馮雲山在平南鵬化里花洲山人村胡以晃家被官軍圍困，情勢相當危急。十一月四日（陰曆十月初一），「天父大顯權能」，楊秀清口啞耳聾的毛病全都好了，就和蕭朝貴、韋昌輝等人從桂平金田發兵前往救援，擊破官軍，救出洪秀全、馮雲山，聲勢大漲。回到紫荊山不久，賴九率領鬱林州的會衆到來，聲勢更大，這才引起官方的密切注意。

十一月中旬，楊秀清、馮雲山、韋昌輝等人從桂平金田移屯新墟，以防清軍來犯。過幾天，上個月剛奉命來剿撫廣西亂事的欽差大臣林則徐，死在潮州，享年六十七歲。月底，盤據在廣西平南大黃江的天地（三合）會黨艇匪羅大綱（羅亞旺）、大頭羊張昭、大鯉魚田芳、捲嘴狗侯志（成）、大隻貝關鉅等八個頭目，自動請求投入上帝會。這是天地會與上帝會正式搭上關係的開始。

上帝會兵分兩路，洪秀全主持花洲軍事，楊秀清等人主持金田軍事。十二月初廣西平南知縣倪濤來攻鵬化里花洲，被洪秀全、胡以晃等人擊敗，練丁死了五十幾人。中旬，清廷賜恤林則徐，諡文忠。命前兩江總督李星沅爲欽差大臣，馳赴廣西，辦理剿捕事務。以前任漕運總督的周天爵署廣西巡撫，未到任前，先以布政使勞崇光署理。大約同時，洪秀全、胡以晃攻占廣西平南思旺墟。不久，又攻毀平南鵬化里花良村，殺死團練長覃展成。三十日，又毀了同里的羅掩村。第二天，廣西貴縣的來民（客家，從廣東嘉應州遷來）幾千人，因爲氣憤土人（當地人）欺凌，加以械鬥打輸，房舍大都被燒毀，官吏又單助土人，於是舉族來到桂平，加入上帝會。這麼一來，上帝會聲勢更浩大了。

一八五一年（咸豐元年，太平天國辛開元年），一月一日，洪秀全及胡以晃從平南思旺墟到桂平蔡江，會同桂平金田的楊秀清、蕭朝貴、馮雲山、韋昌輝、石達開、秦日綱及貴縣來投的客家，大破貴州鎮遠總兵周鳳岐，潯州協副將李殿元，並殺了清江協副將伊克坦布等人。這一仗打得清軍氣餒，再也不敢輕易言戰。金田會黨也因此更讓官方側目。

幾天後，在欽差大臣李星沅上給咸豐帝的奏文中，已經提到桂平金田村的上帝會黨，「號稱萬餘」，並且得到洪、楊等人發布的一些文告。在同日致向榮書中，李星沅還認爲他們不堪一擊。過了幾天，李星沅就已經視他們爲強敵，命令向榮全力攻破。

一月初旬，洪秀全下了五道命令：

一遵條命，二別男行女行，三秋毫莫犯，四公心和儺，各遵頭目約束，五同心合力，不得臨陣退縮。

在平南大黃江投入上帝會的天地會黨艇匪張釗、田芳、侯志（成）、關鉅等人，見上帝會法紀嚴明，感到很不安，就率衆叛降清軍，只有羅大綱一人留下。中旬，洪秀全從桂平金田出兵攻擊叛離的天地會黨大頭羊張釗等，占領了平南大黃江，二十一日，李星沅、勞崇光、向榮的會奏中提到洪秀全等「擅帖僞號僞示」；同日李星沅致湘撫秉章書又明白寫道：

桂平金田村一夥，結會僭號，聚衆萬餘。

似乎，洪秀全這時已稱「天王」。不過，早在一八三七年洪秀全連得怪夢之後，就有獲天主賜以「天王大道君王全」七字的事。後來洪秀全也以「天王」及「太平天子」自居。洪仁玕《英傑歸眞》一書說他「不提自稱，不是人稱，又不是古書所稱，實在是天父眞命封爲天王也」。因此，這裡很難決定洪秀全此時的稱王僭號，到底政治意味與宗教意味孰大。而且要到三月底洪秀全正式登基，才顯然可以和傳統的據地稱王類比。

二月中，廣西提督向榮、雲南臨元鎮總兵李能臣、署貴州鎮遠鎮總兵周鳳岐，三路進攻大黃江牛排嶺；候補知府劉繼祖（大頭羊張釗等人在他屬下）、署陸川知縣張琳，從水路直下，兵勇大約共有一萬人。洪秀全、楊秀清等分九路迎敵，並且暗中伏下地雷。結果，清軍大敗，守備王崇山、千總湯成光、把總李茂被殺，向榮等退守官塘。向榮數十日來的準備布置，經過這一次接觸，幾乎完全成空。

三月上旬，洪秀全、楊秀清等從大黃江、夾川、金匏村分別襲擊向榮大營，擊斃雲南武舉人李祥麟，傷了廣西游擊福謙。於是分軍三支，每支約四千人，撲攻向榮及總兵李能臣、周鳳岐營，不幸失利，傷亡頗重。向榮乘機督兵勇水陸猛攻大黃江、牛排嶺。到了三月十日，洪秀全因爲向榮、李能臣、周鳳岐及知府劉繼祖連日猛攻，於是焚了大黃江，退經桂平新墟，向榮等人奪得牛排嶺。洪秀全初起時，每到一村，必定裹脅壯丁婦孺，把房舍燒光，絕了他們的顧念，讓他們死心跟隨。因此，許多人都是全家隨營，爲洪秀全加添了不少人力和兵力。

洪秀全率衆經桂平新墟、古林墟回到紫荊山，隨後又由大塘進入武宣東鄉。三月中，廣東信宜上帝會黨凌十八進入廣西博白，被練勇擊敗，退往陸川。李星沅請向榮嚴防凌十八和洪秀全會師。十九日，洪秀全兵分三路，在武宣東嶺村擊敗廣西巡撫周天爵、提督向榮、知府張敬修。向榮還一度被困，幸虧張敬修及時救援，才能夠突圍脫困。

二十三日，李星沅、周天爵、向榮不得不向北京求救兵，說是「廣西賊勢猖狂，官兵不夠差遣，請特別簡選總統將軍，盡快趕往督剿，並且調安徽、河南精兵幾千名前來，分堵合剿，否則，全局要不堪聞問了」。就是這一天（陰曆一月二十一日），洪秀全在廣西武宣台東嶺三里附近正式即位，稱「天王」，國號「太平天國」。雖然洪秀全稱王不是這時候才開始，不過，在他登位以前，總是有點夾纏不清。而自此以後，洪秀全「天王」的身分就毫無疑問了。

三月下旬，清廷命廣州副都統烏蘭泰幫辦廣西軍務，湖北鹽法道姚瑩由李星沅差遣委用，又命雲南、貴州各選精兵一千名備廣西徵調，湖南也預選備調。同時，廣西這一年應該徵收的地丁兵折等銀，一併緩下，等軍務完竣再開始徵收。可見這個時候的太平軍已經讓清廷坐立不安了。

四月初，提督向榮督楚兵、東勇、閩勇及義勇、壯勇（張釗等），由南路分三支攻武宣台村、東嶺、三里墟。總兵秦定三督黔兵由北路夾攻，被太平軍打敗。此時楚兵、壯勇已遭潰敗，而黔兵也沒有得勝。這是第二次武宣之役。其實這時太平軍中已經缺乏食鹽煙硝，這場勝仗還得感謝向榮、秦定三、周天爵三人的不和。

九日，凌十八會合天地會黨梁二十、梁十八等圍攻廣西鬱林州，太平軍也從武宣東鄉分兵攻舊縣墟江口，想要互相接應。十日，清廷派大學士賽尙阿馳往湖南，辦理防堵事宜。第二天又授爲欽差大臣，調四川兵一千名候其調遣，並派天津鎭總兵長瑞隨同前往，防止太平軍北衝。十五日，楊秀清在武宣東鄉託借天父下凡，激勵士氣。三天後，太平軍襲擊武宣勒馬渡，被張釗的水勇擊退。周天爵、向榮命秦定三進駐武宣大林，堵住太平軍北走象州的路，秦定三卻不肯移營。於是清廷再調兩千名四川兵到湖南、廣西交界，以備賽尙阿等調用，並飭令戶部另外籌辦軍餉一百萬。

十九日，蕭朝貴在武宣東鄉託借天兄下凡。五天後，太平軍分支入象州古董、古遼地方，卻被擊退。清廷繼續調兵部署湖南軍事，並且加予周天爵總督銜，會同向榮專辦軍務，以順天府尹鄒鳴鶴爲廣西巡撫。月底，凌十八等人在鬱林州被清軍打敗，軍師王晚、先鋒凌二十八都犧牲了。五月初，鬱林州解圍，凌十八等經由陸川退走。由於凌十八與博白的上帝會不和，這時不能完全遵守上帝會的號令，漸漸和洪秀全的太平軍分道揚鑣。

同時，清廷已經密諭賽尙阿到達楚粵之交，往廣西接辦軍務，並傳李星沅回湖南辦理防堵。烏蘭泰也到了武宣。不久，李星沅病死在武宣。五月十六日，太平軍從武宣東鄉經大林往東北走，進入象州廟旺，連連攻占象州古城、寺村、中坪、百丈、新寨、大樂墟。二十七日，太平軍從象州鼇村、馬鞍山分七路攻貴州威寧鎭總兵重綸的軍營，被炮火擊退。而清廷因爲太平軍北入象州，革去周天爵的總督銜，回省暫署巡撫，向榮、秦定三拔去花翎，和周天爵一併交部議處。

六月八日，烏蘭泰、向榮等督兵分紮於象州中坪附近，與太平軍開始接觸。第二天，太平軍與烏蘭泰所部的貴州三鎭（鎭遠鎭總兵秦定三、古州鎭總兵李瑞、威寧鎭總兵重綸）戰於獨鼇山、梁山村、馬鞍山，太平軍以七人攻陷威寧鎭軍營，不僅官兵千人潰敗，並且壅塞河流設下埋伏，誘斬了貴州參將馬善寶、游擊博勒果布、劉定泰等兩百人。這一仗，清軍眞是敗得慘不堪言。過兩天，周天爵、向榮先後督兵反攻，都沒有斬獲。六月下旬，太平軍從象州中坪、仁義、鄧村進攻向榮大營，然而軍中缺鹽糧，作戰乏力，被打了回來。

七月初，太平軍因爲清兵圜迫，招齊了上帝會的人馬，從象州中坪折回武宣東鄉，洪秀全、馮雲山率領前隊，趨往桂平金田、紫荊山、茶地、大坪村；楊秀清、蕭朝貴、韋昌輝、胡以晃等率領後隊，奔向新墟、莫村、思盤，兩路人馬再回到紫荊山會合。烏蘭泰、向榮也在後面分路追趕。雙方幾次接觸，太平軍都吃了敗仗。七月下旬，烏蘭泰猛攻紫荊山前路，大破韋昌輝的部隊；但是向榮攻紫荊山後路的戰況卻不順利。八月，洪秀全、楊秀清還留在紫荊山按兵不動。八月九日，領前軍駐紮莫村的蕭朝貴託借天兄下凡，大罵衆人只爲私不爲公，對天國不忠心。第二天，楊秀清也在紫荊山茶地託借天父下凡，教導衆人同心同力，一同向前誅妖（指清軍），「眞心放膽理天事」。十一日，攻紫荊山後路的向榮奪占了豬仔峽、雙髻山要隘，包圍太平軍。這時太平軍營中缺鹽，清兵又四面圍困，情勢越發危急了。

八月十五日，太平軍大隊從桂平紫荊山茶地出動。天王洪秀全詔令前軍主將蕭朝貴、左軍主將石達開同統戊壹監軍、前壹軍帥、前貳軍帥、左壹軍帥、左貳軍帥開通前路（大概這就是李秀成供狀中所說的旱路，似乎是主力，秦日綱、羅大綱可能屬於這一軍）。中軍主將楊秀清統土壹總制、中壹軍帥、中貳軍帥，及前選侍衛二十名護中（這一路大概就是李秀成供狀中說的水路，天王應該在這一軍，當時盛傳洪秀全乘小船數十艘將從濛江入廣東）。右軍主將韋昌輝、後軍主將馮雲山同統右壹軍帥、右貳軍帥、後壹軍帥、後貳軍帥押後。各軍各營的隊伍要整齊堅重，同心同力，適時聯絡，首尾相應，努力護持老幼男女病傷，個個保全。並通諭兵將放膽歡喜踴躍，同頂天父天兄綱常，總不要慌。每個人都要眞心、堅心、耐心。

太平軍出動後，和清軍接觸幾次，互有勝負，九月十一日，太平軍趁夜放火燒了桂平新墟一帶，突圍出來，從大簡翻山東走平南、鵬化、花洲。十五日，太平軍（大概是後軍主將馮雲山）在平南官村廟打了一次大勝仗，向榮等退回平南，軍杖鍋帳全都丟失了。蕭朝貴、石達開、韋昌輝從藤縣和平墟間道越山經由大旺墟渡到大黎屯紮。蕭朝貴等在大黎屯紮五天，搜取里內糧食衣服，招齊上帝會的家庭，就放火燒屋，向永安進軍。太平天國後期的名將李秀成大概就在這時候投入太平軍。二十五日（陰曆閏八月初一），太平軍前軍主將蕭朝貴、後軍主將馮雲山、右軍主將韋昌輝、左軍主將石達開，以及秦日綱、羅大綱等攻占了永安州城。這是太平軍興兵十五個月以來所占領的第一座城池。代理知州吳江、平樂協副將阿爾精阿都死在這場戰事中。這時，太平軍的戰鬥兵員大約二、三千人。

太平軍入永州後，一切制度漸漸有了規模，煥然有新朝氣象。

十月一日，天王初入永安城，就詔令各軍各營衆兵將，要爲公不要爲私，「從今天開始，令所有兵將，凡是殺妖軍（太平軍稱清軍爲妖）取城池，所得到的金銀綢帛寶物等，不可以私藏，都要繳到天朝聖庫，違犯的人依法論罪」。這就是太平天國有名的「聖庫制度」，因爲太平天國認爲天下萬物歸於上帝，應由上帝平均分配，所以國庫叫作「聖庫」，廢除私有財產，人民公有共享。據說，聖庫制度從金田舉事時就實行了。大約天王剛入城，恐怕兵將各貪財貨，所以特別強調，並且明令嚴申。太平天國前期政治的清明，軍紀的嚴肅，與聖庫制度的嚴厲執行有密切的關係。

十一月中，天王詔令「各軍每次殺妖後，各兩司馬立即記錄自己管下兵某某的功罪，傳達卒長、旅帥、師帥、軍帥、監軍、總制、丞相、軍師轉奏，等打到小天堂，再根據記錄定官職高低」。兩司馬、卒長、旅帥、師帥、軍帥是太平天國的軍事兼政治編制；監軍、總制、丞相、軍師則是統治集團的核心。顯然，太平天國的政治、軍事體制在這時已經確立。此外，小天堂指的是南京。由此可知，攻取南京的計畫至少在永安已經訂下了。

十二月中，天王論功封爵，楊秀清爲東王，蕭朝貴爲西王，馮雲山爲南王，韋昌輝爲北王，石達開爲翼王。所封各王，都受東王節制，這造成了東王的專權，埋下了日後諸王內訌的種子。這道詔書並且再三申述稱天王爲主即可，不可以稱上、稱聖，免得冒犯天父。分封諸人爲王爺，是「姑從凡間歪例，據眞道論，有些冒犯天父，天父才是爺也」。這裡說明了洪秀全所以稱天王而不建帝號的原因，也充分流露太平天國宗教信仰的濃郁。

洪秀全分封諸王的前幾天，蕭朝貴曾借託天兄耶穌下凡，說了幾句話。封王後幾天，又發生了天父下凡審問周錫能的事。周錫能原來是太平軍軍帥，本年六月奉命同黃超運回廣西博白原籍，團集兄弟姊妹，本月初和朱錫傑、梁十六等一百九十餘人從博白回永安州。十三日，周錫能、朱八、陳五入永安州，爲清軍做內應，並打算入朝行刺，帶來的一百九十餘人，都投入新墟——在永安北，不是桂平新墟——賽尚阿營裡。連日來，周錫能等人在城內窺探軍機，並且勸誘太平軍將領投降清軍。

二十一日，南王馮雲山、北王韋昌輝、翼王石達開，及曾天芳、蒙得天齊到東王殿前請安，商議軍國大事，並準備奏封軍帥周錫能，說不到幾句，忽然天父下凡，託附楊秀清身上說：

「周錫能反骨偏心，串同妖人（清軍）回朝，內應謀反，你們立即發令擒拿他三人，押下等候，我自有分斷。」

吩咐完畢，天父回天。馮雲山（七千歲）、韋昌輝（六千歲）、石達開（五千歲）等

「將天父聖旨回稟東王九千歲，九千歲聽了很憤怒，就命猛將擒拿反骨妖人周錫能，並串同妖人朱八、陳立，押候在監」。然後楊秀清等上朝，馮雲山將此日以上各事奏知天王。

當晚，北王韋昌輝吊審周錫能，沒能得供。天父又下凡來，先命國宗楊潤清、楊輔清到各王府，傳知各千歲上朝奏接天王，一同到天父面前，天王率眾臣跪伏。就由蒙得天帶周錫能，由天父審訊，先令周錫能承認天父權能，再問他串通清兵、誘惑軍心、外攻內應的情形，周錫能一一承認了。又命曾天芳傳知情未報的朱錫琨、奉命巡查的黃文安，錫琨杖二百，文安杖一百。天父命北王曉諭兵將，又吩咐天王寬心，然後就回去了。三更後，天王從東王殿回殿，「三呼萬歲後，各職回衙，虔謝頌讚天父恩德，談敘天父無所不知，權能獨一」。稍後，天父又下凡，吩咐南王、北王、翼王等人「再加時時靈變，每事有我作主不妨」。

隔天，周錫能及其妻蔡晚妹、子周理真併朱八、陳五，奉天父命處死。周錫能起解時，「大聲呼喊，眾兄弟，今日真是天做事，各人要盡忠報國，不好學我周錫能，反骨逆天」。當時監軍朱錫琨枷鎖在朝門示眾，也勸眾兄弟醒悟，自認是託賴天父權能才可以不死。

我們不知道楊秀清是否早已掌握周錫能的形跡，乘機玩弄天父下凡審案的詐術。但是可以確定的是：這一事件對太平軍心理影響一定相當重大，因為這是天父下凡中最靈驗的一件事，所以記載也特別詳細。此外，還有幾點值得注意。第一，天王洪秀全這時已經稱萬歲了。第二，東王楊秀清已經出令執行，才奏知天王洪秀全。可見，此時東王權力已經超過天王。第三，東王雖然借託天父，而實地執行的，主要還是由凡間的東王楊秀清下令。第四，諸王向東王請安，西王蕭朝貴並不在內，足證西王與東王地位相若。第五，這次天父下凡，大概是天王跪東王的開始。

又是一個新年頭，從去年九月底太平軍入永安州，烏蘭泰和向榮趕上後，只能團團圍住，雖然接連打了幾場勝仗，除了繼續圍困，對太平軍卻也莫可奈何。

一八五二年（咸豐二年，太平天國壬子二年）二月底，天王詔令諸王及各軍頭領，時時嚴查軍中，「如果有犯第七天條（奸邪淫亂）的，一經查出，立刻嚴拿示衆」。三月中，賽尙阿以大炮攻擊永安城。這天，清兵「撿回逆書一本，居然妄改正朔」。可見太平天國的天曆這時已經完成而且頒行了。早在起事之初，太平軍就很注重男女分行，嚴禁姦淫，而頒行天曆更是太平天國的一件大事。天曆最重要的根據是咸豐元年的時憲書，大概出自馮雲山的創制，不中不西，相當古怪。可是，太平天國推行天曆卻相當認眞，不但在武昌熱鬧地過天曆新年，而且到天京（南京）後嚴厲處罰私慶陰曆新年者。甚至在太平天國失敗後，杭州民間對太平天國新改干支，如改「辛亥」爲「辛開」，改「癸丑」爲「癸好」，改「乙卯」爲「乙榮」，在言談間仍改不了口。錢塘丁葆和歸里雜詩：

疊經兵燹整歸帆，故舊重逢絮話喃，
不覺草茅忘忌諱，亥開丑好未全芟。

此詩所詠的就是這事。太平天國移風易俗到這種地步，可見當時對民間推行的效果多大，也可見太平天國對天曆多麼重視。

四月三日，天王下了一道詔令，對通軍男將女將做一番激勵與吩咐，第二天，即日發令突圍出走。五日，太平軍趁雨突出永安州城，羅大綱擊敗東路古蘇沖清兵，搶得火藥十餘擔，由小路出關，打算從昭平、平樂北進，襲攻桂林。八日，太平軍見情勢緊逼，合力死戰，大敗廣西提督向榮、廣州副都統烏蘭泰於昭平山中，殺了天津鎭總兵長瑞、涼州鎭總兵長壽、河北鎭總兵董光甲、鄖陽鎭總兵邵鶴齡及副將林成、田學韜等，總計擊斃清軍四五千人。東王楊秀清傳令不走昭平、平樂，改由小路過牛角、猺山，出馬嶺，上六塘、高田，直趨桂林。四月十八日，太平軍逼近桂林城下，開始長達一個月的圍攻。

第二天，太平軍發炮傷了烏蘭泰。到了五月八日，烏蘭泰因傷死在廣西陽朔。同時，工部侍郎君賢基上奏說，粵匪（太平軍）、河工、度支、漕運，事事可危，請詔求直言，集思廣益，以期挽回補救。清廷於是在九日下詔求直言。八天後，咸豐帝又下詔罪己，並諭告廣西紳民同仇敵愾，革心悔悟。求直言詔、罪己詔都是帝制時代常見的把戲，這表示帝國已經面臨相當的危機，皇帝不得不擱下面子，請天下臣民幫忙想法子，甚至承認自己的不是。

五月十九日，太平軍趁夜從桂林象鼻山渡河，進向興安、全州。兩天後，太平軍撤桂林圍，盡裹居民，水陸北去。第二天就攻破了興安縣。二十五日，太平軍開始進攻廣西全州。六月三日，太平軍用地雷轟炸全州城牆，占領州城，知州、參將、都司等官將都死了。兩天後，太平軍得了兩百多艘船，退出全州，向湖南進發，準備攻取江南，到小天堂（南京）開創嶄新的「天京」時代。

四、奮奶之地

一八五二年（咸豐二年，太平天國壬子二年）六月，太平軍在北出湖南途中，以楊秀清、蕭朝貴的名義發布了三篇最足以代表太平天國精神的文告，可使人充分認識太平天國的宗教理論、民族主義以及政治號召。

三篇文告中，一篇是〈奉天討胡檄布四方諭〉，主旨在申明民族大義，痛斥滿洲無道，文字淋漓雄健，極富煽動性，乃針對「讀書知古」之士而發。文中首先指出，天下爲上帝的天下，滿洲是胡虜妖人。自滿洲肆毒，混亂中國，「罄南山之竹簡，寫不盡滿地淫污；決東海之波濤，洗不盡彌天罪孽」。大略說來，比較彰著的罪狀有：改變中國的形象（辮髮）、衣冠、言詞，玷辱中國女子，脅制中國男子，水旱不恤，貪污朘削。然後借助歷史來強調民族主義，文中曾譏嘲說，三尺無知童子，指著豬狗叫他拜，他還會艴然大怒。胡虜就像是豬狗，你們讀書知古，難道一點都不知羞恥！而中國以五千餘萬之衆，受制於滿洲十幾萬人，也是難堪。

現在皇天震怒，命天王掃除妖孽，廓清中夏，「興復久淪之境土，頂起上帝之綱常」。希望大家「同心戮力，掃蕩胡塵」，「同享太平之樂」。另外兩篇神教的意義特別濃厚，詞意也較為通俗。一篇是對「凡民、團勇」說法，指「滿妖咸豐」為中國世仇，叛逆上帝，天所必誅，你們凡民要趁早回頭，拜眞神，丟邪神，復人類，脫妖類，才可以常生有路，得享天福。此文原先是針對廣西的團練而發，到了永安之後，準備傳檄中原，而將文字更改一段，含義也廣泛多了。還有一篇是鼓煽「誤幫妖胡自害中國」的人，如果有即刻曉明大義，擒斬妖胡頭回來天朝投降的，不但既往不咎，而且有「大大天爵天祿封賞」。

太平軍初出湖南，舟師在永州全州間的蓑衣渡，被江忠源率領的湘勇擊敗，前導副軍帥南王馮雲山陣亡。這是太平軍的一大損失。

當初洪秀全和馮雲山入廣西密圖革命，洪秀全只住了幾個月，回家一待就是兩年多，這期間雙方不通訊息，若非馮雲山拋家棄妻，獨自前往紫荊山奮鬥，洪秀全是很難建立群衆基礎的。

太平軍初期的用兵方略，大都出自馮雲山所策畫；所頒行的太平軍目、太平天曆等制度，也都是馮雲山一手創製。可以說，馮雲山是太平天國的實際開創者。

太平軍遭遇這次挫折後，從永州折而南趨，六月十二日占領湖南道州。在此停留兩個月，會黨兩萬人響應，於是補益卒伍，增修戰備，軍勢大盛。不久占領郴州，又招得二、三萬人。八月下旬，右弼又正軍帥西王蕭朝貴率領指揮李開芳、侍衛林鳳祥等，輕兵倍道，進取長沙，以會黨爲嚮導。九月十一日，蕭朝貴部進逼長沙，巡撫駱秉章等固守，蕭朝貴在南門受了傷，李開芳具稟郴州以後，和林鳳祥繼續猛攻長沙。不久，蕭朝貴因傷死去。這是太平軍的又一重挫。

九月下旬，天王洪秀全、東王楊秀清得知西王蕭朝貴重傷，率領大隊太平軍晝去郴州，十月十三日抵達長沙。第二天，清廷革了欽差大臣賽尙阿的職，以徐廣縉代替。同一天，知府江忠源、總兵秦定三等湘黔軍破太平軍於長沙瀏陽門外。這是太平軍攻長沙以來，唯一受創較重的一次，大約死了四、五百人。到了十一月三十日，太平軍因爲久攻長沙不下，軍中又缺油鹽，於是趁雨撤圍渡湘江，由回龍塘西走，衝過提督福興營，打算從寧鄉、益陽沿洞庭湖邊往常德，攻取湖南爲根據地。十二月三日，太平軍占領湖南益陽，得到幾千艘民船，認爲是天父所賜，遂改道順流而下。

長沙解圍以後，清軍亦不敢進，只有向榮率軍窮追不捨。十二月十三日，太平軍占領岳州時，城門大開，根本沒人把守。太平軍在此地得到許多舊存的吳三桂軍械炮位，還有五千艘船，更是如虎添翼。十天後，太平軍檢點黃玉崑、指揮李開芳、林鳳祥、羅大綱等又占領了漢陽。不久漢口亦攻下，天王及東王等隨後來到，天王住在關帝廟，東王住萬壽宮。

一八五三年（咸豐三年，太平天國癸好三年）一月，向榮、福興等在武昌洪山與太平軍對峙。而早在五個月前，武昌城內已經發現太平軍的揭帖，可見其滲透之力。一月八日，清廷命在湖南湘鄉原籍丁憂（守母喪）的禮部侍郎曾國藩幫同本省鄉民辦理團練、搜查土匪諸事務。十二日，東王楊秀清、翼王石達開、檢點黃玉崑、李開芳、林鳳祥、指揮羅大綱等，用地雷炸塌武昌文昌門城牆二十餘丈，到黎明即占領了整座城池。導致湖北巡撫、提督、布政使、按察使，及武昌城內許多文武官員都死在這場戰事中，人民死傷數以萬計。東王傳令：官兵不留，百姓勿傷。這是太平軍占領的第一個省會，也是北伐的第一階段。

太平軍入武昌又是一番新局面。一月十四日，東王楊秀清在武昌傳令止殺，令城中居民拜上帝，設聖庫於武昌長街，以納存珍貴寶物。此外，又在武昌城內設館，令人民到館簽報名氏年籍，登簿記註。起初十人一館，不久改爲二十五人一館；設頭目統領，每天分以米鹽。十五日，東王令民間收拾武昌城內積屍，潔淨街衢，屍體大都投入江中。十六日，在武昌、漢陽間造浮橋。十七日，天王洪秀全入武昌，居巡撫衙門，諸王也分別住入各官署。十八日，天王於武昌設進貢公所，使民間進貢金銀錢米雞鴨茶葉。人民爭先前往，收訖給與紙，貢金銀的給執照，上面署名左輔正軍帥東王楊，右弼又正軍帥西王蕭（朝貴子有和襲爵，稱幼西王）。東王又命武昌婦女歸館，數姓併居一家，以二十五人爲率。十九日，太平軍在武昌閱馬廠設台「講道理」，有馬姓漢陽生員當場叫罵，而遭五馬分屍。二十日，太平軍派人在武昌進貢院集合進貢者點名。

同一天，太平軍占領黃州及武昌縣，百姓迎接入城，軍隊搜括銀錢穀米，幾天後運回省城武昌。二十一日，令武昌城中人民分駐城外，以四十五人爲一營，使兩名長髮老軍（太平軍皆蓄髮，俗叫「長毛」）爲正副營長。二十二日，命入營者一律短裝掛號布，長衣都截半。有病的人送進能人館（就是病人館），醫生自會爲他診治。二十七日，東王傳令武昌婦女遷火巷歸館，以廣西婦女統領，各館每天發油一盃，每人發穀二合。二十九日，東王殺滋鬧女館的太平軍。三十日，將武昌耄耋聾瞽殘疾者分別設老疾館來安置。三十一日，令凡衣服美者，必須蓋有聖庫印，才准許穿著。同一天，運武昌穀米八船，準備東下。

二月二日，天王在武昌閱馬廠選妃，選出十幾歲殊色女子六十個。這一天是太平天國的除夕，各官進貢天王，婦女進貢王妃。每營賞給豬一頭，錢數貫來過年，也有給牛羊的。第二天是太平天國新年，各官向天王慶賀，婦女向王妃慶賀，爆竹聲如雷般響徹全城。二月四日，運武昌藩道署道署銀約一百萬兩登舟。二月五日，運武昌銅炮登舟。二月六日，東王傳令各營準備一個月的糧食，及鋤鍬四具（備挖洞攻城用）。二月八日，天王令武昌女館婦女登舟。二月九日，一切布置妥當，太平天國各王官詣天王辭行，然後退到東王府會齊，出武昌城東下，燒了浮橋。天王先登舟，東王、北王隨之。左軍主將翼王石達開率天官正丞相秦日綱、地官正丞相李開芳、天官副丞相林鳳祥、指揮羅大綱，賴漢英、唐正財、何昌明、黃生才、吉文元等為先鋒。胡、李、林、黃、吉帶陸兵，分兩岸夾江以行。秦、羅、賴、唐帶水兵，船萬餘艘（一說二千餘艘，資糧軍火財帛與婦稚盡置舟中），帆檣如雲，蔽江而下，號稱五十萬，沿途布告安民，並令富人助餉。滿清「文武棄城遠避，兵勇聞風先散」。

前述太平天國在武昌城內的設施，都是根據彼時陳徽言的《武昌紀事》。從武昌一處，可推知太平軍在占領其他城池後的措置。

太平軍一路勢如破竹，二月十八日，翼王石達開督先鋒水師攻占九江，焚毀衙署廟宇，欽差大臣陸建瀛已先遁走，江西巡撫張芾亦從瑞昌走南昌，各軍潰散奔逃。第二天，石達開先鋒退出九江，繼續攻城掠地。二十四日，石達開督先鋒軍攻占安慶，得銀三十萬兩，炮一百餘尊，守軍鬨潰，巡撫蔣文慶死難，總兵王鵬飛走桐城，布政使李本仁則先避往舒城，太平軍就燒毀衙署廟宇。這時，太平軍先鋒陸師胡以晃等也占領了湖北蘄州。二十五日，石達開又退出安慶，繼續東進，攻占安徽池州、銅陵。江蘇巡撫楊文定聽到消息，嚇得從南京東走鎮江，雖有江寧將軍祥厚等人勸阻，但清廷官員信心已失，無法挽回頹勢。

三月二日，天王下詔臣工當別男女，臣下不准稱及後宮姓名位次，不准窺後宮面，不准傳後宮聲，臣下語不准傳入後宮。違者斬不赦。三日，東王楊秀清等再發奉天討胡檄。河州鎮總兵吉順克復了安慶。四日，石達開督先鋒軍指揮黃生才等占領蕪湖。五日，石達開督先鋒水師敗清軍於東梁山，殺了福山鎮總兵陳勝元。這時，南京的十三門都用土袋封閉了。三月七日夜，太平軍陸路先鋒指揮黃生才等進抵江寧鎮板橋，逼近南京。八日，太平軍陸路先鋒李開芳、林鳳祥、吉文元等大隊進抵南京城西南的善橋一帶，紮壘二十四座。三月十二日，太平軍大隊水師經新洲大勝關到下關七里洲，大隊上岸，於下關靜海寺掘地道，合圍南京。十三日，太平軍環攻南京南門、水西、旱西及儀鳳等門。十五日，上海道吳彰健奉江蘇巡撫楊文定之命致書上海英法領事，請求派遣兵船，援救南京。這時，吳彰健已經僱得澳門葡萄牙划艇十三艘，上駛到鎮江一帶，清軍還宣稱英國兵船即將向太平軍進攻。十七日，石達開督太平軍力攻南京。十八日，有太平軍間諜潛入南京城，散布明天城破的謠言。城北各家門牆都做了記號，畫紅圈或白圈，或一或二；或用朱筆寫上天字，或是太平字；亦有用刀刻上十字。這一夜，南京城炮聲不絕。第二天，果然攻破。

三月十九日上午，太平軍以地雷轟塌南京儀鳳門城牆約二丈許，有數百人衝進北城，城中內應，分為兩支，一支向鼓樓，一支循金川門到神策門，經成賢街進向小營，殺欽差大臣兩江總督陸建瀛於黃家塘。後來遭遇滿洲旗兵，力戰不能取勝，仍由儀鳳門塌城退出，清守軍再把城塌處填好。不久，第二雷又發，城牆再塌。下午，南京南門（聚寶門）及清涼門守軍聽說北城已破，總督戰死，兵勇紛紛逃遁，一唱百和，水西旱西二門守軍也聞風潰走。

晚上，南京西南兩面太平軍分別從水西門等處越城而入，天官副丞相林鳳祥、檢點賴漢英、指揮吉文元等率先登上。這時，北城還不知道。二十日早晨，太平軍大隊從南京聚寶門、水西門、旱西門入城。江寧將軍祥厚、副都統霍隆武等率領旗兵防守內城。太平軍呼令南京居民閉門，門上須貼順字，廳上須設几案，置茶三盞，敬天父、天兄，及聖神風；男子須脫去領帽。稍後，太平軍攻破內城，祥厚、霍隆武等都殉城，駐防旗人兩萬餘幾乎全部被殺，幸免的頂多只有幾百人。

攻克南京，這是太平軍北伐的第二階段。計自出廣西以來，九個月間，軍行三千餘里，橫掃長江五省（湖南、湖北、江西、安徽、江蘇），兵力增到三十餘萬，雖有很多人是被裹脅，自願參加的也不少。這固然與太平天國的宗教政治宣傳有關，而其經濟軍事方略收效尤巨。自入湖南以來，「專虜城市，非但不虜鄉民，所過之處，還以攫奪衣物散給貧者，散布流言，說將來一律免租三年，鄉民都慶幸賊來」，貧民忌恨富室，太平軍來，害不及己，而且有利，當然爭先相迎。而且太平軍號令嚴，紀律肅，不許騷擾，先是禮賢下士，繼而施以威勢，人人俯首聽命。反觀清軍擄掠姦淫，或者見敵即潰，或者觀望徘徊。難怪太平軍以破竹之勢，所向披靡。

三月二十日太平軍入南京後，二十一日按戶搜查南京清官清兵滿人，及頂戴靴服印書等物，稱爲「搜妖」。二十二日，眞天命太平天國禾乃師贖病王左輔正軍師東王楊秀清布告百姓，大略說「天王承天父天兄之命，乃理世人。人人要認識天父，歸順天王，同打江山，共享天福」，勸人民贊助太平天國的政治運動。東王又布告百姓說，「人不知敬天，天父大怒，第一次降洪水了」，並舉犬妖蛇精各種神話，勸人民信從太平天國的政治主張。太平軍又各在門上寫「人人拜上帝，個個上天堂，快來快來拜上帝」等字。同時，東王也傳令男女分館，百工各自歸行。不過，這時東王還沒有入城，主持南京城內事務的大概是翼王石達開。二十三日，太平軍關閉南京城門，編查戶口，析分男女更爲急切，男子隨營，稱新兄弟，二十五人爲一牌。婦女入館，稱新姊妹，二十五人爲一館，以一名廣西老姊妹統帶。二十六日，北王韋昌輝進南京城，令各軍丁壯出城紮營，這時太平天國大概已經決定建都南京，並決定東取鎮江、揚州。二十八日，南京城編查戶口，男女分館等事辦理完畢。東王楊秀清入城。地官正丞相李開芳、天官副丞相林鳳祥、指揮羅大綱、曾立昌、吳如孝等率領新兄弟二萬餘人東攻鎮江府。三月二十九日，天王洪秀全從南京水西門進城，直入兩江總督衙門，作爲天王府，改南京爲天京，正式在這裡建都。從此，太平軍有了大本營，不再是四處衝突奔竄的流浪兵團；洪秀全也不須再事必躬親，只消待在這個小天堂安心當他的眞命天王。

太平軍建都天京後，三月三十一日，羅大綱、吳如孝占領鎮江，打敗上海道吳彰健所僱的澳門葡萄牙划艇，及總兵葉常春水師。江蘇巡撫楊文定走江陰，副都統文藝退丹陽。太平軍上岸以後根本沒有遇到抵抗的軍隊，而一直在太平軍後頭緊迫不捨的向榮，這時已經被任為欽差大臣，督軍進抵南京，結營在城東二十里的沙子岡。不久移駐孝陵衛，是為江南大營，約萬餘人。四月一日，李開芳、林鳳祥、曾立昌占領揚州，清副將朱占鰲死之，漕運總督楊殿邦、兩淮鹽運使劉良駒及但明倫在前些天已經先逃到高郵。太平軍以黎振暉守瓜州，黃德生守儀徵。鎮江、揚州、天京，成為鼎峙而三的形勢，不但鞏固了天京，而且阻斷南北糧運。因為太平軍志在華北與長江上游，就沒有再繼續東進。四月，天王封地官正丞相李開芳為定胡侯、天官副丞相林鳳祥為靖胡侯、春官副丞相吉文元為平胡侯，命他們間道北伐。這時，欽差大臣琦善也屯兵在揚州城外雷塘集、帽兒墩，約一萬七、八千人，就是所謂「江北大營」。

同時，太平軍占領鎮江、揚州以後，因為逼近上海，與外人利益關係密切，外交問題顯得迫切了。四月七日，英使文翰（Bonham）曾派上海英領事署翻譯密迪樂（Tnomas Taylor Meadows）持文往見上海道吳彰健，聲明除了保護英人生命財產以外，不能以兵相助。八日，上海英美人分別會議，決定召集義勇，與海軍合作，防衛上海租界。這時上海發現某方偽造的太平天國將領文告，挑撥太平軍與外人感情，外人也想知道太平軍實情，於是密迪樂請求前往調查太平軍狀況。十二日，上海各國領事及全體外人會議，推選委員，布置租界防禦工事，訓練義勇，十四日，密迪樂從上海經蘇州、常州，到丹陽，第二天就折回，十九日回到上海。此行結果，使外人知道太平軍確實信奉基督教義。密迪樂還曾見到清軍布告有「英人答應以軍艦助攻太平軍」之事。

二十二日，英使文翰、艦長費士班（Captain E. G. Rishbourn），翻譯密迪樂乘「哈爾咪吐」（Hermes）艦從上海往南京，中途在江陰擱淺，二十六日到達鎮江，文翰先派密迪樂上岸通知，但因爲上海道吳彰健所僱的英美商船及葡萄牙划艇暗中跟隨，太平軍開炮轟擊，無法登岸；留書說明，也未能送達。二十七日，文翰一行到達南京，由艇長費士班致書太平天國當局，說明來意。密迪樂及Spartt引領他由水西門入城，與北王韋昌輝、翼王石達開相會，首先說明英使前來目的，在申明英國政府的中立態度之後，又詢問太平軍對外人的意見，以及是否進向上海，並商議接待英使的儀式。這次會談，北王發言最多，內容都與宗教有關。太平天國人士大都來江邊或上英船參觀。

二十八日，太平天國當局諭英使文翰，天王是各國眞主，凡來朝見，都要遵照定儀，開呈履歷。文翰及費士班將原文退回，另外附一八四二年中英南京條約的中文本一份，表明英國在中國的地位。二十九日，賴檢點到下關英艦會晤密迪樂，對昨日文件表示歉意，解釋誤會，密迪樂也重行說明英國中立態度，另外商定英使文翰第二天上午十一時上岸與東王楊秀清等會晤。三十日，文翰恐怕儀式問題發生困難，致書楊秀清婉辭謝絕晤面，聲明英國嚴守中立，絕沒有以軍艦幫助清軍的事情。並詢問太平軍是否將進攻上海，及對於英國的態度。由費士班、密迪樂、Woodgate送往城內賴檢點處。東王的覆書先說明雙方同信天父的關係，接著說：「爾遠人願為藩屬，天王歡樂，天父天兄亦歡樂，既忠心歸順，是以降旨爾頭人及眾弟兄可隨意來天京，或效力，或通商，出入城門，均不禁阻，以順天意。另給聖書數種，欲求真道，可以誦習之。」

西人看了這份文件，大都認為太平軍勝利後，基督教必定可以在中國盛行，中西商業也一定可以改善。可是，英使文翰卻以東王楊秀清書中措詞有以屬國看待英國的意思，五月二日覆書聲明英國在華的條約權利，如果有侵及英國人民或財產時，將立即採取如十年前的報復行動，甚至會有占領南京鎮江等地，及訂立南京和約的結果。北王韋昌輝看了這封書信，立刻趕到江岸，想要會見文翰，英艦卻早已在下午四時東去了。五月三日，文翰回到鎮江，得到四月二十七日太平軍守將羅大綱、吳如孝的致書，表示願與英人相友好，並勸勿助清軍，就派翻譯密迪樂上岸會見羅大綱。羅大綱勸英人勿助清軍，勿售鴉片。文翰覆書聲明不助清兵，要求太平軍勿再炮擊英船。羅大綱答應了，並解釋前次炮轟的誤會。英艦離開，兩天後回到上海。

五月八日，李開芳、林鳳祥的北伐軍從揚州經儀徵出動，留指揮曾立昌守揚州城，指揮陳世保為副。北伐軍仍採直前衝擊戰略，「師行間道，疾趨燕都，勿貪攻城掠地，靡費時日」。李開芳等部約二、三千人，乘船到浦口江面，分三路上岸，迫使黑龍江都統西凌阿、副都統明慶等潰走。十六日，李開芳、林鳳祥、吉文元攻下安徽滁州，知州潘忠裝死之。另一支檢點朱錫琨所部太平軍，誤入六合縣境，遭大敗，擒斬千餘，餘眾回天京。五月十九日，春官正丞相胡以晃、夏官副丞相賴漢英，奉東王楊秀清之命，統率戰船千餘號，溯江西征，這天占領了安徽和州。北伐、西征，兩線戰事同時進行。不過，西征軍戰船千餘號，兵力應當多過北伐軍。

五月二十八日，北伐軍攻下安徽鳳陽府。據說，當時「正賊不過千人，裹脅約有兩萬」。六月十三日，又攻下河南歸德府。十八日，李開芳、林鳳祥、吉文元、朱錫琨經杞縣、陳留，逼近開封，當時李開芳等部約萬人，因為大雨不能攻城，只好先行包圍。二十二日，太平軍撤開封之圍，屯集中牟朱仙鎮。這時軍中缺火藥，林鳳祥在朱仙鎮寫了兩封信，派卒長朱增發及嚴光導送往天京請援。二十三日，李開芳等占領了河南中牟。二十七日，李開芳、林鳳祥、吉文元到河南汜水，大部由鞏縣乘煤艇，開始渡河。李開芳等並打算如果不能渡河，就回到湖南，會合西征軍。七月五日，李開芳等部完全渡過黃河，另外由吉文元部分出一支約四千人，留在黃河南岸，想要南下接應西征軍。九月初，李開芳、林鳳祥、吉文元、朱錫琨因為久攻河南懷慶府不下，撤圍從黃河太行山間小道西趨，進入山西省境內。十二日，太平軍占領了山西平陽府。二十九日，太平軍從河南武安入直隸境，攻下臨洺關，殺同知周憲曾。直隸總督訥爾經額、總兵經文岱部萬餘潰散，走廣平府，關防軍資盡失。太平軍繼續攻取直隸沙河、任縣、隆平、柏鄉、趙州、欒城、晉州、深州，十月十一日，北京戒嚴，官民逃竄的有三萬戶之多。因為京畿援兵麕集，北伐軍折而東走，循運河北進，十月三十日，猛撲天津，當時兵力約三萬人。清軍決運河堤岸，太平軍為水所阻，與清軍暫成相持之勢。這是太平軍北伐的第三階段。計自南京出動，經行四千里，為時五個月，攻至天津附近，距北京僅二百四十里。如果從廣西算起，也不過十五個月。

西征軍方面，五月十九日占領安徽和州以後，六月十日胡以晃、賴漢英等再度占領安慶。賴漢英等繼續西進，想要攻取長江上游，控制黃河以南。六月二十二日，夏官副丞相賴漢英、殿左一檢點曾天養等進占江西南康府，人民縛獻知府恭安、知縣羅雲錦以迎。太平軍乘船南進，二十四日攻南昌。七月三日，國宗石貞祥（鎮祥）、韋俊、石鎮崙、石鳳魁統領一支太平軍西援賴漢英。七月二十三日，曾國藩出動一部分湘勇，進援江西。二十九日，石貞祥等所率領的太平軍號稱兩萬人，約千船從長江入湖口，支援南昌。

八月十二日，從黃河南岸折回的太平軍合捻攻下安徽太湖，東與春官正丞相胡以晃部會合。八月二十八日，賴漢英、石貞祥、韋俊等敗湘軍羅澤南、夏廷樾、朱孫詒、郭嵩燾等於南昌，斬營官七品軍功謝邦翰、易幹、羅信南、羅鎮南（都是羅澤南弟子），並敗滇軍總兵音德布。九月二十四日，太平軍終於放棄連攻三月不下的南昌，撤圍北去。二十五日，翼王石達開率太平軍大隊到安慶省城，立即築樓設防。二十九日，石貞祥、韋俊、賴漢英等占領九江。

十月十五日，石貞祥大敗湖北軍於田家鎮半壁山。二十日，石貞祥再度占領了漢口漢陽。十一月六日，石貞祥退出漢陽漢口，屯駐黃州，等待援軍。二十一日，石貞祥等棄湖北黃州，退到蘄州。三十日，護國侯胡以晃（十月封，旋改護天侯）等進逼安徽臨時省治廬州府。翌年一月十四日，胡以晃、曾天養等攻占廬州府，巡撫江忠源等敗死。皖北、皖南二十餘州縣全部為太平軍所有，成為日後太平天國的主要統治區。

南京、鎭江、揚州一帶，太平軍與向榮、琦善等清軍時有交鋒，互見勝負，但無決定性的戰役。七月，清廷採幫辦江北（揚州）軍務刑部侍郎雷以誠之議，仿行揚州仙女鎭各會館釐金制度，以濟軍需。坐賈（固定商號）按月收捐爲板釐，行商（流動商人）設卡收捐爲活釐，按獲利厚薄，大約取百分之二三。並立即在揚州附近的仙女鎭、邵伯、宜陵、張網溝各米行開始實行。八月間，天父下凡（楊秀清託），改以前誡語爲「君使臣以禮，臣使君以忠」。九月，天地會劉麗川等占領上海縣城，殺知縣袁祖惠，囚上海道吳彰健。劉麗川等藉上海英領事向太平軍稱臣通好，據說後來太平天國派人到上海調查，以麗川等未毀神偶，吸食鴉片，而且政治主張不合，未予認可。

十一月中，有江寧廩膳生張繼庚與向榮約定內應，太平軍頭目中也有同謀者，結果失敗，下旬，巡查賴漢英在天京城內擒獲抽食鴉片的周亞九、李連升、于順添等，層層轉稟東王楊秀清後，奏達天王斬首。由此可見太平天國嚴禁鴉片的決心。十二月二十四日，天父下凡（楊秀清託），怒責天王洪秀全。二十六日，曾立昌、陳世保衡出揚州，合賴漢英、黃生才等南走瓜州。清軍久圍揚州，只攻得一座空城。楊秀清因爲前天天父下凡，在天朝欲令杖責天王，登朝勸慰天王一番，似乎君臣間又恢復了一團和氣。

一八五四年（咸豐四年，太平天國甲寅四年）二月，北伐軍糧食已盡，天又酷寒，手足潰爛凍死的不少，被清軍僧格林沁所敗，迫向南退。這時，曾國藩的湘軍已經大隊出動，太平軍必須面對一個強勁的新對手。

五、夢幻天國

洪秀全的太平天國建立了，而且有一定的領域，以及相當的規模。現在，我們要對太平天國的政治、軍事、經濟、社會各方面做一個鳥瞰，以求進一步瞭解太平天國的立國精神與實際狀況。

宗教對於太平天國具有莫大的影響力。洪秀全自稱是親受天父上主皇上帝之封的人間眞主，以這種說辭證明他的權力乃出自神授。但是他的宗教並非正統的西方基督教，而是中國化的，經過他改造的基督教，可以稱作「上帝教」或「洪教」。

二十四歲以前，他所讀的是中國經史，所習聞的是佛道、神巫，他的初步基督教知識與上帝觀念，得之於簡陋晦澀的《勸世良言》。他要以自己的理論，利用宗教達成政治目的。他不是教徒，而是「上帝教」或「洪教」的教主，自認與耶穌爲昆仲，甚至權力超過耶穌。他說古代君民皆拜上帝，中外一同。西洋因天兄耶穌捨身救世，故能遵行大道到底。中國自秦代「開神仙怪事之厲階」，因而「差入鬼路」。滿洲竊據以後，「誘人信鬼越深，妖魔作怪越極」，天父又命次子（即洪秀全）降生來拯救世人。

上帝起初似乎只有兩個兒子。大約在一八四八年以後，馮雲山、楊秀清、韋昌輝、石達開成了祂的第三、第四、第五、第六子，蕭朝貴因爲娶了洪秀全的妹妹，稱爲「天婿」或「帝婿」。楊秀清又是天父的化身，並代世人贖病，稱爲「贖病王」，一八五三年，又加「勸慰師」（Comforter）、「聖神風」（Holyghost）之號，《新約》若有「錯記」的，他可以「招證」。楊秀清是風師，蕭朝貴是雨師，馮雲山是雲師，韋昌輝是雷師，石達開是電師，秦日綱是霜師，胡以晃是露師。負責爲曾國藩蒐集情報，主編「賊情彙纂」的張德堅斥責他們「人襲神號，尤其是亙古的奇聞，勿惑於鬼神的戒條又擺在哪裡？實在是彼教的罪人」。雖然說得中肯，但是，須知他們本來就以神自居，而非以人。

上帝教的規條異常嚴苛，儀式尤其繁瑣。拜上帝的人必須向上帝悔罪，十天條必須熟記，犯者死罪。平時早晚祈禱，每飯感謝上帝，有了災病及生日、滿月、嫁娶、做灶、做屋、堆石、動土等事，都要祈禱祭告。每逢七天禮拜，先在前一天鳴鑼高呼：

「明天禮拜，各人要虔敬，不能怠慢。」

不到的人，第一次枷號七週，杖責一千；兩次不到，斬首示衆。禮拜的時候，稱頌上帝恩德，唱讚美詩，天王、東王以至翼王，都列入讚美的對象。然後讀聖經、信條，一唱百和。並朗誦奏章，高呼「殺盡妖魔」，再誦天條等。每二十五家，有一座禮拜堂，軍行所至，必定選擇寬敞的房屋，以備禮拜之用。所有廟宇神偶，都要燒毀。教育完全宗教化，編刻了許多訓練及宣傳的書冊，從《三字經》、《幼學詩》以至洪秀全的詔書及《舊約》、《新約》，一共十餘種，都列爲士子應時時攻習的課目。內容充滿了上帝教氣氛，文字通俗，自成一格。被清軍擄獲的，簡直汗牛充棟，可見其刊印之多。

儒家思想與上帝教的教義大都不能相容。洪秀全升天的時候，上帝曾說：

「孔丘所遺傳的書，很多差謬。」

「教人糊塗了事。」

耶穌也說這些書教壞了人，孔丘乃私逃下天，被天使追回捆綁，痛加鞭撻，永遠不准下凡。一八五三年洪秀全宣布，「凡是一切孔、孟、諸子百家，妖書邪說，全都燒掉，不准賣買藏讀」。所有書籍一律要經過天王「蓋璽」頒行，「不使天下良民仍受妖書經傳的蠱惑」，如果「世間有不奉旨、不蓋璽而傳讀的書，一定問罪」。凡太平軍通過與統治之地的藏書，「不是付之一炬，就是用來熏蚊燒茶」。並設立「刪書衙」刪正四書、五經及「凡情諸書」中的「妖話」，再由天王御筆改正。一八六一年，總理朝政的洪秀玕說「孔、孟之書不必廢，其中合於天情道理的也很多，既然已蒙眞聖主御筆欽定，都算是開卷有益，士子如果備而時習之，就可以煥乎成文，斐然成章」，政策才爲之一變。

對於知識分子，太平軍則極力爭取，所到之處，出榜招賢，希望共建勳業，勸各方投效保薦，「自貢所長」，當「量才錄用，家口厚給資糧」。一八五三年起，開科取士，也有秀才、舉人、進士的分別。試題都出自《舊遺詔聖書》（《舊約》）、《新遺詔聖書》（《新約》）、《天命詔旨書》（洪秀全的詔書）。中會試者，封授官職。但對於被擄的官吏、紳衿、儒生，則極端凌虐，甚而挫折至死；有的則分到各館充當抄寫員，號稱「先生」，辦理的無非是寫奏章、誥諭、封條、出告示、造家冊等事，一切軍令都不准參與，目的在防有用之才的算計。

太平軍初起事的時候，首先定下軍制，以《太平軍目》一書爲準。軍爲最大單位，置軍帥一人，以下是師帥、旅帥、卒長、兩司馬、伍長。每軍官兵合計應該有一萬三千餘人。入湖南以後，添立土營、水營。土營以礦工組成，專司挖地道攻城；水營以船多為上，負有作戰運輸兩種任務。此外還有木營、金匠營、織營、繡錦營、鐫刻營，總稱諸臣營。「各儲其才，各利其器，凡有所需，無不如意」，下令他們隨營奏技，卻不役使打仗。初期置有女營，到進入湖南為止，女兵約居四分之一。此後以兵源已無問題，長江一帶婦女又大半弱不勝軍，全都編入女館，女兵有減無增。另外有童子兵，為官長所私有，經宗教灌輸，臨陣勇敢，信仰不二，執法無私，壯大成年以後，就成為忠實幹部。太平天國後期名將陳玉成，就是童子兵出身。

對於軍律、訓練，反覆叮嚀，要嚴束隊伍，賞罰分明，秋毫莫犯，不許騷擾鄉民。天晴操練士兵，下雨習讀天書，講解分明，互相開導，「人人共識天情，永遵真道。倘若遇有妖來，號鼓一響，趨府應令，踴躍向前，一德一心」。行營、定營各有規式，陸路、水路、點兵、查察，都有號令條禁。

《賊情彙纂》也盛讚太平軍軍制之優，兵術之良，軍紀之整，說是「逆賊荒誕暴虐，但是對軍制似乎很有法則，對於行陣機宜，山川形勢，頗能諳習。試看其開始訂定的軍目，似乎也頗具條理，由本到末，一氣通連，頗得身使指應的效果。對於陣法，任意詭造，但是可以保持既敗而不至於全潰，而且能夠反敗為勝。賊的營壘，操縱也像很有把握，估量是不必防守的，就朝行暮宿，若無其事；應該慎防堅守的地方，就挖幾重壕，築幾重牆，甚至封垛如城，堅固得不得了」。又說「賊對於行伍的制度，條目井井，敗了又轉盛，不至於窮蹙，所依恃的沒有別的，在開始定軍目的時候，軍法就嚴厲執行了」。「操練士卒，條分隊伍，屯營治壘，接仗進軍，大小相制，視衆如寡，頗能聯合一氣，分合都很適宜」。「賊的囂張全靠行軍有法。軍法很嚴，凡是有失利或敗陣，違令私蓄財物，情節重的立刻問斬，輕的也要降責，一點都不姑息。有功也會破格擢升，封賞絕不延宕。早上還是散卒，可能晚上就升爲僞帥了」，「使得人人信持奮戰可以倖生，退卻必死無疑的觀念。桀驁不馴的人，甘心服役，面對刀槍也不害怕，血流遍野也不後悔」。

太平天國的組織，是軍事、政治、經濟、社會一元化，而用宗教來貫注。政治體系中的鄉官，與軍事體系中的軍帥以下各級都相同。每家都備有軍裝，每人都持有武器，若有警就由首領統帶爲兵，殺敵捕賊；沒事就由首領督率爲農，耕田奉上。理論上是五人爲伍，五伍爲兩，四兩爲卒，五卒爲旅，五旅爲師，五師爲軍，凡軍旅、田役、追胥、貢賦，都以此爲準則。但是不能徹底實施，兵源大部分是裹脅而來。

太平天國的政府組織到南京而大備，分爲朝內官、軍中官、守土官、鄉官，整個制度都軍事化。從中央到地方，幾乎全是武銜，軍師到丞相、檢點、指揮、侍衛、將軍爲朝內官。宮內（天王府）及東殿（東王府）、北殿（北王府）、翼殿（翼王府）又各有職官，東殿規模之大，遠過於宮內。女官名號與男官相同，但是員額大減。總制、監軍、軍帥以下爲軍中官。守土官有總制、監軍之別，每郡（府）置總制一人，各州縣置監軍一人，受命於中央，除了治軍統軍，並上給貢賦，下理民事。軍帥到兩司馬爲鄉官，按戶口多少而設，大都是本鄉人，軍事以外，宗教、教育、司法、政治、經濟也都歸其負責。

每天兩司馬在禮拜堂教讀所屬二十五家的童子，禮拜天爲男女講道理，頌贊祭告上帝，每七週由師帥、旅帥、卒長輪番到所屬兩司馬講聖書，兼查其是否遵守條命及勤惰。遇有爭訟時，先由兩司馬聽斷曲直，若不能平息，再依次上達。伍卒與民能遵守條命和力農的，由兩司馬保舉。各級官員，定三年一次保陞或奏貶，都由天王主斷。這個辦法的優點是賚功課職，頗協衆情，缺點是極端集權，運用不靈。

定都南京以後，天王養尊處優，怡然自得，深居不出，有大喜慶，才設朝會。即使東王有事晉見，也要請旨，批定日子、時辰。所有政事，都由侯、丞相商議停妥，奏報翼王，翼王認爲可行，代東王撰成誥諭，送東王府蓋印，再送北王府登簿，仍歸翼王府彙齊，由佐天侯交官分遞，一切文書大都不能面報，所以纖芥小事，一定要具文稟奏，層層轉達，以取旨命。至於在外頭目，大小事件，動輒稟報，重複累贅，筆墨繁多。一八五四年間，清軍所俘獲的稟諭，成束成捆。行政手續這般紛繁，難免彼此暌隔，猜忌日生，凡禁令則徒立科條，軍務則全憑文告，以致氣脈不通，已成痲木不仁的現象。

其次是太平天國高級將領的窮奢極欲。天王以兩江總督署為宮殿，盡毀附近官廨民宅，驅迫男女萬人，興築半年始成，周圍十餘里，牆高數十丈，內外兩重，用黃色塗飾，金碧輝煌。門扇以黃緞裱糊，門外又用黃緞紮成彩棚，月餘就更換一次。東王以下的府第衙署，也都競相壯麗。服飾的奢靡，禮儀的崇隆，等級的森嚴，更不待言。以出行來說，最低級的兩司馬還有轎夫四人。東王每次出門，儀仗填塞街市，扈從千數百人，大小官員一律迴避，來不及的，必須跪在路邊。甚至檢點、指揮轎出，卑小官員都要按照這種規矩。

太平天國既然以宗教建國治國，神權高於一切，代表天父的東王地位，也高於一切。永安封王詔中，已經明定各王都受東王節制。一八五四年十月，天父又命他「繼治天下，佐理萬國之事」，天王不得不承認東王也是「天國良民之主」。緊要奏章，如果未經東王蓋印，天王不閱，即使是北王、翼王的奏章也不能逕達天王。除了東王，任何人不得直接面見天王。

公用共享是太平天國經濟政策的基本原則。這是理想，也是達成政治目的的手段。理論的根據，仍然是宗教的。「天下皆是上主皇上帝一大家，天下人人不受私物，物物歸上主，則主有所運用」，「務使天下共享天父上主皇帝大福，有田同耕，有飯同食，有衣同穿，有錢同使，無處不均勻，無人不飽暖」。軍民日用所需，由政府統籌供給，做到生活優裕而無私財，既可以控制黨衆，又可以杜絕貪污。聖庫及田畝制度就因此而定。

聖庫掌管一切財物，金田起事之前，已經設置。此後凡是攻戰所得金寶衣物，固然要交獻聖庫，軍行所至，所有農民米穀也應齊解，大口每年給一石，小口五斗。到南京以後，分設聖庫館與聖糧館，置總典聖庫與總典聖糧。聖庫館以管錢爲主，聖糧館以管穀爲主，天王府各有典聖庫、典聖糧。另有分司某種什物（如油鹽），或分任某一工作的各類典官，後者是按技藝之長，使各有所歸，各效職役，有如軍中的「諸匠營」。大小官員俱無常俸，買菜錢（禮拜錢）、糧、米、油、鹽都有定制，每七天向各典官衙取給。食肉限於天王到總制階層，總制以下不給，朝內軍中都一樣。至於民間，原則相同，一切與田畝制度配合。

《天朝田畝制度》一書，包含太平天國的社會結構及經濟、教育、選舉、考覈、司法制度，然而只是理論而已。這書刻於一八五三年，但直到一八五五年仍然流傳不廣，見到的人極少，也可以證明這套辦法並沒有實施。關於經濟的部分最重要，而以田畝為主。田畝制度的原則，一是土地公有，依照產量，將田分為九等。二是計口授田，不論男女，按家口多寡，雜以九等，好醜各半。三是荒豐相通，凡天下田，天下人同耕，此處不足，則遷彼處，彼處不足，則遷此處；此處荒則移彼豐處，以賑此荒處，彼處荒則移此豐處，以賑彼荒處。四是國庫，每二十五家設一個國庫，除了滿足每人所食可以接新穀外，其餘全歸國庫。婚娶滿月，都用國庫，各有制式。五是自給自足，每家種桑、養蠶、績縫、養雞、養豬，農閒的時候，兼事陶冶、木石等。

聖庫制度確實曾嚴格施行。占領永安之前，以鄉間富庶之家為實施對象，進軍長江的時候，以城市為對象。天京政權既立，占地漸廣，才推及鄉間，「以天下富室為庫，以天下積穀之家為倉，隨處可以取給」。這種竭澤而漁的辦法自然不容易持久，而聖庫制度確實不失為軍事時期的有效經濟措置。

理論上「凡物皆天父所有，不需錢買」，事實上難以做到。為了使財物長期流通供應，仍然需要商業，除了私營，還有公營。公營分兩種方式：一種是政府直接出售百貨，將所掌握的剩餘物資，招徠交易，以食鹽、布疋、棉花爲大宗，售價較常價便宜，或是用錢買，或是用米豆互易，爲一大收入；一種是政府給與資金，令商人購辦所需的物品，願爲某業的人，到聖庫領本錢，發給營業文憑，稱爲天朝某店，限定利潤。商肆所在的地區，叫做「買賣街」，大都在城外，以防奸細混進城內，天京的商務歸「天買辦」總管，由總典聖庫兼任。

實施田畝制度首先需要一個穩定的統治區域，再行調查戶口、土地，這些都不是兵戎倥傯中所能做到，米穀也沒有齊解聖庫，仍然由鄉官按田畝徵收。不同的是，佃農交納後，不必再向田主交納。強徵是米穀的另一來源，一八五三到一八五四年間，太平軍的往來文書中，常常有這些字樣：

九江米糧甚屬便宜，安省（安徽）米糧已解天京；某某率水營軍船，前往南昌、武昌一帶，收貢收糧；某某應將黃州、漢陽敵人驚走，將米糧裝解天京；某某應將某處敵人駭走，所得米糧已解抵天京。由此可見天京糧食的供應很不穩暢。

太平天國還有一個特殊的地方，就是治下的婦女迥異於往日。從宗教上說，男人都是兄弟，女人都是姊妹。從政治上說，婦女也可以任官，大都供職於天王府及各王府，無不錦衣玉食，出入鳴鉦乘馬，張黃羅繖蓋，女侍從數人。從經濟上說，授田無論男女。從禮俗上說，婚姻不談價碼，有專司其事的「婚姻官」。不纏足，禁多妻，不准宿娼、當娼，不准有淫邪的事。男女不得混雜，婦女盡入女館。

所以採行這種政策，據他們自己的解釋是因爲太平軍大都挈家齊來，創業之初，必先有國，然後有家，先公而後私，不可以私圖一時之樂，急享眼前之福。眞實的福須從克己苦修而來，要等掃盡「妖氛」，太平統一之後，才可以室家相慶，夫婦和諧。其次是內外貴避嫌疑，男女各當分別，才顯得嚴肅。據他們敵人的解釋，是因爲恐怕黨衆顧家而不肯力戰；特別設女館，挈家同行，來繫住他們的心。一旦天下大定，不但夫婦可以再完聚，未娶的人也准許婚配，功高的甚且可以置妾，犯罪的則罰以遲娶，「以爲男歡女愛是人之大慾，以此誘惑，其實是以此脅迫，使得那些惡少拚死力戰」。

就像其他各項制度一樣，事實與理論往往矛盾。婦女並沒能得到平等與解放，反之備受壓迫荼毒。其一，女館以軍法部勒，善於女紅的，分入繡錦營，其他都放腳擔任勞役，折磨而死的，不在少數。其二，既然嚴別男女，而各王不但仍是夫婦同居，而且盛置姬妾，執事女官以千百計。其三，婦女對於男子，仍然要服從，男主外，女主內，敬夫與敬天、敬主同等重要，這樣才可以享受榮華富貴，才能夠上天。

不只是夫婦關係，一般倫理觀念與傳統也沒有什麼出入。

太平天國封建意識的濃厚，比國史上任何王朝更甚。王爵固然是累代世襲，丞相、檢點、指揮、將軍等也一樣。服飾各分等級，民間不准用紅、黃兩色。尊卑名分，上下稱謂，各有一定，相當苛細瑣屑鄙俚。對敵人則冠以「妖」字，古先帝王貶號爲侯，只有上帝可以稱帝，天王等可以稱王。文字、物名、地名也有更改，不良風俗，如賭博、飲酒、巫覡、堪輿一律禁止。洋菸（鴉片）、黃菸（菸草）不得販賣吸食，否則問斬。因爲他們認爲洋菸是妖夷貽害世人之物，吸食成癮，病入膏肓，不可救藥；黃菸有害體膚，無補飢渴，而且是妖魔惡習。

洪秀全準備將中國的一切大肆變革，並改造中國歷史，甚至世界歷史。他要破除所有信仰，建立一個以他自己爲中心的信仰，由他控制支配所有人力、物力。他抱有大同的空想，自己則是特權階級，舉措「不近人情，但求事濟」。這麼一來，難免要激起一些衛道之士的對抗，這便是以曾國藩爲代表的湘軍。

六、異教新軍

金田起事以前，廣西民變已經搞得清廷焦頭爛額，手足無措。最先的欽差大臣爲林則徐，病死在途中。這時，太平軍已起，乃以李星沅繼之。李星沅與廣西巡撫周天爵不和，不久又因病發死於軍前。代李星沅的爲大學士賽尙阿，以庸懦失機，當太平軍圍攻長沙時被黜。於是以兩廣總督徐廣縉代之，又在武昌陷落時被革。

幾年之間，將帥屢易，前方軍事遂不能統籌規畫。徐廣縉被拿辦以後，任用前廣西提督向榮爲欽差大臣，統率江南諸軍，並命河南巡撫琦善爲欽差大臣，從河南進兵長江。向榮在太平軍入南京十天後，才追到南京城外，結營城東孝陵衛，爲「江南大營」。而琦善也率領直隸、陝西、黑龍江馬步各軍進抵揚州，與直隸提督陳金綬、內閣學士勝保分營城外，是爲「江北大營」。然而，這兩路清軍結營敵人城下，有如矮子看戲，他們眼看著太平軍從城上分兵北伐中原，轉戰上游，卻無能稍限敵人的馬足。這時，清帝國已經到了日暮途窮的境地。

就在這個最後關頭，士大夫階層中興起一個新興勢力，足以遏住太平軍的鋒芒，讓清帝國又苟延殘喘了半個世紀。這個新勢力就是由曾國藩所領導，近代史上有名的湘軍。

曾國藩（一八一一～一八七二），湖南湘鄉人，長洪秀全三歲，同樣來自耕讀之家。在仕途上，他比洪秀全順利多了。二十八歲中進士，成翰林，三十四歲官至禮部侍郎。他來自理學的故鄉，不曾受到乾嘉漢學末流的錮蔽。到了京師，又得師友交遊的啓示，以倭仁、唐鑑的影響最大。倭仁、唐鑑都是當時最著名的理學家，曾國藩跟他們講求義理之學，從他們學來主靜愼獨篤行實踐的工夫。所以這一段達官顯宦的生活，不但沒有毀了他的前途，反而給他學養的機會，舉凡曾國藩一生功業上的成就，所謂「耐」字訣、「恆」字訣、「拙」字訣、「誠」字訣，以及「紮硬寨打死仗」的精神，都是在這時期養成的。而且十幾年的仕途生活，更讓曾國藩認識士大夫社會的種種弱點。金田起事前夕，他在〈應詔陳言疏〉裡，已經痛切指出當時士大夫畏葸柔靡的積習，以爲「將來一有艱巨，國家必有乏才之患」。並且要以「己之所嚮，轉移習俗而陶鑄一世之人」爲己任。鄉人友好中和他抱同感者大有其人。道光咸豐之際，湖南、廣西作亂，舉人江忠源爲綏靖地方，首起楚勇，助官軍平定新寧事變。一八五二年，邀擊太平軍於湘、桂之交，後來又力保長沙省城。湘鄉諸生羅澤南學他榜樣，別立湘勇。這給曾國藩日後編練湘軍提供了經驗與基礎。

一八五三年一月，太平軍北入湖北，有燎原之勢，清廷正式授曾國藩以幫同湖南巡撫團練，搜查土匪之任，以補正規軍的不足。曾國藩這時因母喪正在籍守制，不想任事，和他交稱莫逆的郭嵩燾說以乘時自效，澄清天下，兼保桑梓。他也鑑於武昌不守，關係極大，才前往長沙籌畫。到長沙的第二天，曾國藩就提出他的主張，認爲團練應該由地方紳耆董理，搜查土匪應該由巡撫派兵剿捕。太平軍凶焰已熾，湖南兵力單薄，不足守禦，決定在省城成立大團，招募壯健樸實的鄉勇，認眞操練。官軍不堪任戰，有目共睹，必須改弦更張，而以練兵爲要。換言之，他要編組一支新軍，與太平軍對抗。咸豐皇帝批示，要他「悉心辦理，以資防剿」，原則上無異認可。以後他給友人的信中，每每有「馳驅中原」，「蕩平賊氛」，「蕩滌群醜，掃蕩廓清」的話，可見他一開始就抱負不凡。

新軍不僅要針對綠營的缺點，也要兼取敵人的長處，成爲確能戰鬥的部隊。綠營的最大弱點，爲營伍習氣與調遣成法，太平軍的善戰在於團結堅固。曾國藩認定「今日將欲滅賊，必先諸將一心，萬衆一氣」，「呼吸相顧，痛癢相關，赴火同行，蹈湯同往。勝則舉杯酒以讓功，敗則出死力以相救。賊（指太平軍）有誓不相棄之死黨，吾官亦有誓不相棄之死黨，應可血戰一二次，漸新民之耳目」。他的新軍通稱湘軍，具有幾個特點：

㈠人員：先求志同道合，質直而有血性，忠義而曉軍事的儒生爲將。他說「帶勇需智深勇沈之士，文經武緯之才」，第一要才堪治民，第二要不怕死，第三要不汲汲名利，第四要耐受辛苦，也就是有信仰，肯犧牲。然後「盡募新勇，不雜一兵」，以「樸實而少心竅」的鄉農爲尙，不取浮華之輩，擯斥滑弁游卒及市井無賴。

㈡編制：十人或十二人爲一隊，什長一人；八隊爲一哨，哨官一人；四哨爲一營，統於營官，每營官兵五百人（初爲三百六十人），合數營或數十營置一統領。成軍之初，大帥選統領，統領揀營官，營官揀哨官，哨官揀什長，什長挑勇丁。全軍自上而下，非親族故舊，即同鄉同里，「將帥相能，兵將相習」，「弁勇視營哨，營哨視統領，統領視大帥，皆如子弟之視其父兄」。

㈢訓練：兵勇必須要苦心精鍊，陣法技擊固然要逐日操習，精神紀律同樣注意，他所編的「莫逃走」、「要齊心」、「操武藝」歌詞，雖爲勸告鄉民自衛，也可以施之營伍。同時更要愛民，每隔五天集合教導，反覆開說，千言百語，但令勿擾百姓。「練者其名，訓者其實」。要做到不擾百姓，以雪兵勇不如賊匪之恥，而改變官兵漫無紀律的習性，並使其互相激勵，忠義奮發，一德一心，以畏難苟活為羞，克敵戰死為榮。

㈣待遇：餉銀不裕，不足以養將弁之廉，作兵勇之氣。新軍勇丁每人月銀四兩二錢（後增為四兩五錢），較營提高一倍有餘。餉源最初來自捐輸及藩庫，後來則以百貨釐金為主，鹽釐為次。

曾國藩的新軍，最初以羅澤南的湘勇為基礎，再加部分楚勇及新募之衆，共約四千人，後來陸續增加。一八五三年九月，曾國藩移駐衡州，以避開長沙綠營官兵的尋釁滋鬧，兼就近剿辦南路土寇，並興治水師。太平軍順江東下及回師西征以來，擁有大小船隻近萬，飄忽無常，沿江州邑，不戰即得，清軍無船，防不勝防，追擊不及，束手無策。曾國藩從郭嵩燾之議，開始置辦船炮。兵勇來自湖南，工匠來自廣西，炮位置自廣東，大都為西洋所製。這是日後湘軍奪回長江控制權，阻斷太平軍水上交通，攻克兩岸城池的關鍵所在，關係雙方勝負極大。十一、十二月間，西征太平軍進入湖北，安徽情形也吃緊，清廷連連催促曾國藩赴援。曾國藩以戰船尚未辦齊，湖南土匪尚未肅清，要等水師能自成一隊，與陸師並進夾擊，否則不能草草一出。一八五四年一至二月，江忠源及湖廣總督吳文鎔相繼敗歿，太平軍三占漢陽、漢口，圍攻武昌，湖南震動。這時湘軍水師已成，大小戰船三百餘艘，水勇五千人，合陸師將弁兵勇夫役共一萬五千人，炮五百尊，以民船百餘號載米煤油鹽，於二月二十五日出動，同時發布一篇有名的〈討粵匪檄〉。

如果以楊秀清、蕭朝貴的〈奉天討胡檄〉代表太平軍的主義，曾國藩的〈討粵匪檄〉則可以說明湘軍的立場。太平軍是爲開創王朝而戰，爲實現一種理想而戰，曾國藩是爲衛護道統名教而戰，爲傳統文化而戰。可是，曾國藩的立場相當尷尬，對於太平天國的種族思想不能、也不願駁斥；另外，勤王之義，雖在名教之內，他也不過分強調，因爲滿清畢竟是異族。因此，曾國藩只好訴諸其他方面了。

檄文的第一段，痛斥太平軍的殘暴，以地域觀念打動長江流域之人，並煽動身陷太平軍者，以分化所謂「新兄弟」（在長江各省新加入者）與「老兄弟」。他說，太平軍所過，「船隻無論大小，人民無論貧富，概搶掠罄盡，男女備受荼毒，而粵匪自處於安富尊榮，視我兩湖、三江被脅之人，曾犬豕牛馬之不如，此其殘忍慘酷，凡有血氣者，未有聞之而不痛憾者」。

第二段痛斥太平軍，破壞倫理秩序，以名教觀念打動知識分子。不過他對太平天國的宗教所知尚欠正確，他說：

「中國歷世聖人，扶持名教，敦敘人倫。」

太平軍崇外夷之教，上下皆以兄弟姊妹相稱。農不能自耕，商不能自賈，田皆天王之田，貨皆天王之貨，「士不能誦孔子之經，而又別有所謂耶穌之說，新約之書，舉中國數千年禮儀人倫，詩書典則，一旦掃地蕩盡。此豈獨我大清之變，乃開闢以來名教之奇變，我孔子、孟子之所痛哭於九泉，凡讀書識字者，又焉能袖手旁觀，不思一為之所」。

第三段痛斥太平軍毀污廟宇，以神道觀念打動一般鄉民。他說：

「自古生有功德，歿則為神。」

雖亂臣賊子，亦敬畏神祇。太平軍焚燒學宮廟宇，忠臣義士如關帝、岳王亦被污殘，「此又鬼神所共憤怒，欲一雪此憾」。最後申明，他的使命在救民衛道，救被擄船隻、人民，紓君父之憂，慰孔孟人倫之痛，報生靈之仇，雪神祇之憾，希望忠義之士共同奮起，被脅被陷者自拔來歸。

湘軍正式出動，北伐的太平軍正轉戰於中原，天京派出的援軍於三月中進入山東，可是一直沒能和李開芳、林鳳祥部會合。三月下旬，北伐軍平胡侯春官副丞相吉文元陣亡於直隸阜城（朱錫琨可能於三月上旬已死）。四月，東王楊秀清召翼王石達開回天京，以頂天侯秦日綱代主安慶軍民各政，檢點梁立泰指揮張朝爵副之。湘軍這時才和太平軍正式交鋒，陸軍敗於岳州，水師大敗於長沙北面的靖港，水勇潰散，戰船三分之一被焚被掠，親自督戰的曾國藩氣得兩度投水，都被左右救起。不過，另隊湘軍塔齊布等卻在湘潭打了勝仗，而且是太平軍出廣西後在長江一帶第一次所受大創，太平軍春官副丞相林紹璋因此奪職，久未起用。這一仗把湘軍的士氣打起來了。

曾國藩退回長沙，把湘軍重新整頓一番。六月二十六日，太平軍國宗韋俊、石貞祥、韋以德、石鳳魁、石鳳苞、地官副丞相黃再興、十八指揮陳玉成占領武昌。這是太平軍第二次占領武昌。武昌被圍已有好幾個月，城內食盡，終於被攻占。這一戰，陳玉成先登，因功升爲殿右三十檢點。曾國藩見武昌失陷，事態緊急，再度出動湘軍。七月七日，遣知府褚汝航、同知夏鑾、知縣彭玉麟、守備楊載福帶水師四營兩千人，由長沙進泊鹿角，遏岳州太平軍南進之路。陸師提督塔齊布駐新牆爲中路，以知州羅澤南魁聯勇兩千助之。道員胡林翼爲西路，趨常德。同知林源恩、江忠淑爲東路，出平江。大約共有兩萬人。七月二十五日，秋官又正丞相曾天養，春官又副丞相林紹璋放棄岳州，退守城陵磯。湘軍水師知府褚汝航等入岳州城。二十七日，曾天養等督戰船四百號分三路合陸路反攻岳州。結果水路大敗，陸路也被打退，曾天養退守臨湘。三十日，國宗韋俊（大約新自武昌來）合曾天養、林紹璋、張子朋等率戰船五、六百號三攻岳州，起初不分勝負。湘軍楊載福繞攻其後，乘風縱火，彭玉麟裹創力戰，大敗韋俊等人，擊斃殿左十三檢點黎振暉。太平軍戰船被燒的達四百餘號，損折千餘人。

八月九日，韋俊、曾天養、林紹璋、張子朋得武漢援師，五次反攻岳州，擊敗湘軍、清軍水師，只有彭玉麟、楊載福的左右二營得以保全無恙，山東登州鎮總兵陳輝龍一營完全覆沒。十一日，曾天養率殿左二十七指揮曾天誥等與塔齊布戰於岳州城陵磯，曾天養戳傷塔齊布座馬，自己被塔齊布近兵黃明魁刺翻，被衆兵砍死。曾天養爲西征軍主將，死時年約六十許，兩湖太平軍爲他吃齋六天。十八日，國宗石鎮崙從武漢率領萬餘人助攻岳州，幾次接戰都被打退。二十五日，湘軍攻下城陵磯。韋俊、石鎮崙大部已經先北退，二十六日退回武昌。這天，欽差大臣督辦揚州軍務琦善也卒於軍中，清廷以前任將軍托明阿代之。二十七日，湘軍水師進入湖北，燕王秦日綱（是年五月封王）也率領太平軍船從天京上駛。九月五日，湘軍陸師也進入湖北。二十九日，秦日綱奉東王楊秀清命，巡查河道，西援湖北。

十月八日，湘軍提督塔齊布、知府羅澤南到金口，與曾國藩會商進攻武漢策略。

決定以水師先肅清江面，隔斷武昌漢陽的連結。陸師塔齊布駐紙坊，攻洪山，羅澤南由金口攻花園。荊州軍魁玉、楊昌泗等沿江攻漢陽。策略既定，十二日，曾國藩督軍自湖北金口沿江三路齊下，太平軍抵擋不住，三路斬獲千餘。提督塔齊布則自油坊進扼洪山。這天，國宗石鳳魁巡武昌城，殺了縋城逃軍數十人。十三日，曾國藩督軍仍分三路進攻武漢。結果，武漢江面沒有太平軍船隻，城外沒有太平軍營壘。武昌城內太平軍縋城而逃的越來越多。十四日，國宗提督軍務石鳳魁、地官副丞相黃再興等以清軍逼近，清晨從武昌東退，留軍數百守城，丞相陸光祖也從漢陽東退。曾國藩督湘軍水陸各師於午後克復武昌，截殺百餘，生擒二十餘。荊州軍已革總兵楊昌泗、副都統魁玉同時克復漢陽。總計先後毀了太平軍船隻千餘號。當武昌捷奏到北京，咸豐帝手敕曾國藩：

> 覽奏感慰實深，獲此大勝，殊非逆料所及，朕惟兢業自持，叩天速赦民劫也！

這一仗贏得清廷殊感。從此，湘軍的名氣打響了。

十月十五日，勸慰師聖神風禾乃師贖病王左輔正軍師東王楊秀清（好長的官銜，此後不具引，但稱東王楊秀清）誥諭燕王秦日綱，命在湖北田家鎮設防（這時秦日綱已到九江）。二十八日，曾國藩上奏，打算先清鄂東、九江，再攻安慶，湘軍東進。二十九日，天父「恩命王四殿下（楊秀清）下凡，繼治天下，佐理萬國之事」，從此以後，太平天國大權完全掌握在楊秀清手中。

十一月十一日，湘軍道員羅澤南等克復湖北興國州，擒該州的育才官胡萬智。十四日，國宗韋俊、石鎮崙、韋以德等奉東王楊秀清命，從蕪湖援湖北田家鎮。二十日，湘軍與太平軍在田家鎮對岸的半壁山交戰，羅澤南等力戰敗林紹璋。燕王秦日綱泊舟彭塘觀陣。二十三日，燕王秦日綱督軍兩萬與湘軍羅澤南、李續賓等戰於半壁山，自坐將台，高聲發令，初勝終敗，傷亡數千，退回北岸田家鎮。國宗韋俊、石鎮崙、韋以德等抵達田家鎮，與秦日綱商定策略。二十四日，秦日綱、韋俊、石鎮崙、韋以德從湖北田家鎮三路渡江進攻。韋俊等由半壁山兩路上岸，秦日綱從上路進攻，結果都挫敗，石鎮崙、韋以德等人陣亡，兵士傷者大半，溺水的數百，韋俊、秦日綱先後上船，退回田家鎮。

第二天，秦日綱、韋俊等又將田家鎮江中鐵鎖鉤連於南岸半壁山下。二十八日，各官正丞相羅大綱等占領江西饒州府，嚴禁部下入鄉擄掠，張貼告示，令鄉民進貢鹽糧，打算送往九江，接濟田家鎮太平軍。十二月二日，湘軍水師參將楊載福、同知彭玉麟等督戰船分隊進攻，哨官守備孫昌國、劉國斌等先以烘爐大斧斷半壁山攔江鐵鎖，太平軍船隻東走，楊載福等追至武穴，縱火焚燒。陸師提督塔齊布、道員羅澤南在南岸助攻，追至富池口。共計燒船約四千餘號，百里內外，火光燭天。第二天，秦日綱、韋俊自焚湖北田家鎮營盤，東退黃梅。

十二月八日，湘軍水師前隊同知彭玉麟從湖北田家鎮進到九江。太平軍守將爲檢點林啓容。十日，羅大綱得知田家鎮軍敗，從江西饒州輕騎由都昌陸路到九江，駐軍對岸小池口孔壟驛，援燕王秦日綱等，所部到者約萬人。十四日起，雙方互有接觸。二十日，湘軍大敗秦日綱、陳玉成太平軍於黃梅大河埔，擊殺三千餘名，破大河埔營五座。二十三日，湘軍攻破黃梅，斬斃二千餘。塔齊布受傷，守備王映珍陣亡。秦日綱等棄城退宿松、太湖。這時，湘軍新起，不到兩年，已經略定兩湖，而且進攻江西，這固然是湘軍的新銳之勢，也是由於太平軍的主力未到。湘軍進迫九江，便要與太平軍名將石達開的部隊遭遇了。

一八五五年（咸豐五年，太平天國乙榮五年）年初，翼王石達開偕已革豫王胡以晃從安慶西援，夏官又正丞相周勝坤，秋官又副丞相陳宗勝代胡以晃守廬州府。一月九日，羅澤南、李續賓、蔣益澧從鄂東小池口渡過江南岸，想與提督塔齊布等上下夾擊。太平軍檢點林啓容趁其半渡擊之，互有勝負。羅澤南受傷。十四日，提督塔齊布、臬司胡林翼（黔勇）進攻九江西門，三進三退。這時石達開所遣援軍萬人已經由彭澤渡江，繞道到九江。十五日，道員李孟群等督水師抵湖口城邊，被太平軍戰船擊退。石達開大概這時已到湖口。

此後，太平軍陸師每夜以火箭火毬大呼警營，湘軍水師徹夜戒嚴，不敢安枕。十七日，英國香港總督、駐華公使、兼商務監督包令（J. Bowrin）布告英人嚴守中立，不得參與中國內戰之任何方面，否則分別監禁罰金。曾國藩所部屢攻九江不能得手，因而捨堅攻瑕，派胡林翼、羅澤南、張丞賓、李續賓等拔營進攻湖口對岸的梅家洲。這時，羅大綱守湖口西岸的梅家洲，石達開守湖口東岸縣城，在湖口內紮大小木簰各一座，東岸築土城，西岸立木城，營外廣布木樁竹籤十餘丈，掘壕數重，內安地雷，上用大木横斜搭架，釘鐵蒺藜於其上，防守嚴密異常。

二十三日，胡林翼、羅澤南等分東中西三路攻鄱陽湖口西岸的梅家洲，羅大綱拒敗之，斬守備蕭楚南、把總楊玉芳、姜淩浩。李孟群、彭玉麟等，乘胡以翼、羅澤南等攻梅家洲的時機，以水師合力環攻鄱陽湖口木簰，破之，擒守簰的將軍梁國安等。二十七日，胡林翼、羅澤南等猛攻鄱陽湖口梅家洲，羅大綱再拒敗之。水師彭玉麟等同攻木卡，獲勝，焚船三百餘號。

二十九日，胡林翼、羅澤南、李孟群、彭玉麟水陸師再攻鄱陽湖口梅家洲，水師都司蕭捷三、孫昌國、段瑩器等輕舟一百二十餘號，精兵兩千餘人，衝入湖內。石達開、羅大綱立即又在湖口設卡築壘，斷其出路。夜裡，石達開、羅大綱以輕舟突擊鄱陽湖口湘軍水師李孟群、彭玉麟等，斬都司史久立，焚大船九號，小船三十餘號，餘船都遁駛上游，第二天退回九江。同時，燕王秦日綱、國宗韋俊、檢點陳玉成也開始反攻，從安徽宿松進敗湖北軍參將劉富成，占領黃梅。

二月，太平軍開始大舉反攻。二日，羅大綱自湖口遣殿右四十指揮余廷璋渡江駐紮九江對岸的小池口。三日，秦日綱等再度占領湖北黃梅。五日，石達開自湖口遣軍占都昌。七日，曾國藩遣副將周鳳山從九江渡江攻小池口，被羅大綱部擊敗。十日，秦日綱、陳玉成等敗湖廣總督楊霈於廣濟。十一日，胡林翼、羅澤南應曾國藩之調，從湖口回援九江，駐營南岸官牌夾。羅大綱也在這一天率大隊到小池口。夜裡，石達開、胡以晃、林啓容自九江，羅大綱自小池口，兩路以輕舟百餘入江，趁月黑迷霧，襲攻湘軍水師，火彈噴筒齊發，焚其戰船百餘號，獲曾國藩座船，殺管駕官把總劉盛槐、李子成、監印官典史潘兆奎、文生葛榮冊，盡得其文卷冊牘。把總李允升、李選泉都戰死。各戰船紛紛退駛到武穴以上，水手大都驚逃，也有自搶糧台銀兩的。曾國藩棹小舟走入陸軍羅澤南營而得以幸免，可是氣憤非常，想潛入敵軍求死，被羅澤南、劉蓉等勸阻。陷入鄱陽湖內的湘軍水師營官蕭捷三等，這時也到了都昌。

第二天，羅大綱由鄂東小池口遣軍西進到龍坪武穴。十五日，曾國藩督湘軍，自九江渡江北岸，攻小池口，被羅大綱擊敗，退回南岸，塔齊布幾乎被獲。十六日，秦日綱、韋俊、陳玉成又大破湖廣總督楊霈軍於湖北廣濟，楊霈敗走蘄州。羅大綱也派三千軍接應。十七日，秦日綱、陳玉成等占領湖北蘄州，留金二將軍楊明來守之，湖廣總督楊霈走黃州。

同一天，清軍合法軍克復上海縣城，天地會首要劉麗川等均死之。十八日，羅大綱自小池口派遣的部隊抵達蘄州，合燕王秦日綱等，想要進取武漢。曾國藩急忙遣李孟群率水師三營，戰船四十餘號，胡林翼領兵勇三千餘人，西救武漢。二十一日，秦日綱、陳玉成占領黃州府，湖廣總督楊霈退到漢口。湘軍水師戰船在九江外因大風撞沈二十二號，擊壞二十一號，其餘也都撞損。曾國藩恐怕再被襲攻，令較完好的七十餘號由知府彭玉麟率領，立即開往武漢整修。這時，九江江面已見不到湘軍水師。

二月二十三日，燕王秦日綱、夏官又副丞相曾錦謙、檢點陳玉成占領漢陽，湖廣總督楊霈走德安府，這是太平軍第四次占領漢陽。二十五日，國宗韋俊也進占興國州。不久又進占通山、崇陽、咸寧，與秦日綱等合攻武昌。這天彭玉麟率水師到武昌，駐紮魚套。

三月二日，秦日綱遣軍從漢陽西占仙桃鎮，留曾錦謙守漢陽。四日，曾國藩從九江退駐南昌，安輯月前陷入內湖的水師，並設置局廠，添造砲船。六日，胡林翼從九江帶兵到武昌城外。七日，北伐軍主帥靖胡侯林鳳祥困戰年餘後，終於在直隸東光連鎮被擒。二十一日，秦日綱、陳玉成等開始力攻武昌，被巡撫陶恩培守住。羅大綱部再度占領饒州府。三月三十日，皖南太平軍范汝杰占領了徽州府。

四月三日，秦日綱、韋俊、陳玉成等第三次占領武昌。湖北巡撫陶恩培、知府多山、游擊陶德壽等戰死。駐紮魚套的彭玉麟水師被焚。副將王國才率援軍到，突入城內，也被擊敗。漢陽上下，再入太平軍的範圍。

五月底，北伐軍主將定胡侯李開芳也在山東茌平馮官屯被擒，其他將領多人同時被擒，北伐軍至此完全消滅。同時，胡林翼屯駐武昌城外，不敢輕動。廣東的天地會分別應羅大綱、石達開之召，先後北上，進入湖南境內。八月底，湖南提督塔齊布病卒於九江軍營，年三十九歲。九月間，湘軍接連吃了幾次敗仗。四日，湘軍攻湖口，雖然小勝，都司蕭捷三陣亡。次日，曾國藩得訊，急忙趕往安撫水師。

十二日，韋俊等分六路攻湖北金口，擊破陸營，李孟群水師出戰也失利，大營失陷。武昌城外的胡林翼也被太平軍打得連連敗退。另外，黃文金等大破陷於內湖的湘軍水師。九月二十六日，羅澤南與曾國藩商議戰略，認為東南大勢武漢為其樞紐，欲制九江之命，必由武漢而下，欲解武昌之圍，必由崇（陽）通（城）而入，決定先肅清湘鄂交界，次復武昌，再圖江皖。即日從江西南康府起程，由義寧州，進規崇通，上援武昌。曾國藩加撥參將彭三元、都司普承堯一千五百人隨行。

十月七日，羅澤南率李續賓、彭三元等部共五千人從江西義寧州杭口拔營，西援武昌。不久，石達開也率隊進援武昌。十六日，羅澤南攻下通城，二十四日，又攻下崇陽。十一月四日，石達開率大隊約共兩萬人，圍攻參將彭三元、知州李杏春等於崇陽壕頭堡，土人從而助之，斬三元、杏春等，滅其全軍。羅澤南、蔣益澧等退守崇陽城內。次日，以石達開之壓迫，退駐羊樓峒，合李續賓等軍駐守，以固軍心，並與胡林翼軍取得聯絡。石達開部占領崇陽。

十一月十日，江南提督和春得紳民內應，克復廬州府城。十二日，韋俊從湖北蒲圻督軍攻羊樓峒，石達開撥精兵數千助之，三路齊進，約共兩萬餘人。羅澤南督李續賓、蔣益澧、劉蓉等力戰卻之，斬獲兩千餘。十三日，欽差大臣湖廣總督官文克復德州府。十四日，石達開督軍破湘軍平江勇於湖北通城，斬知縣李原濬，並遣軍四千人西援國宗韋俊。二十四日，石達開率部由湖北通城進入江西，敗贛南鎮總兵劉開泰於義寧州馬坳，斬開泰及其子以亨。三十日，胡林翼、羅澤南督李續賓、蔣益澧等分路猛攻蒲圻，韋俊拒之，斬殺甚衆。

李續賓等繼續猛攻，終於克復蒲圻縣城，斬殺數千。韋俊回武昌，國宗洪仁政守咸寧。十二月九日，石達開占領江西新昌，與從萬載來的天地會葛耀明、陳壽、周培春、王崇開等會合，聲勢更壯。隨即分軍進占上高，設監軍鄉官，毀廟宇。十八日，石達開部檢點賴裕新及天地會葛耀明等占領江西瑞州府。十九日，石達開部春官丞相張遂謀合天地會關志江、陳植槐占領江西臨江府。羅澤南、李續賓等克復了湖北咸寧。二十三日，曾國藩以石達開大部逼近，急調副將周鳳山自九江回南昌，水師防省河。二十五日，羅澤南進到武昌紙坊，合胡林翼大營。

一八五六年（咸豐六年，太平天國丙辰六年）年初，胡林翼、羅澤南分三路進逼武昌。另一方面，江西的太平軍繼續捷進。一月八日，胡以晃、黃玉琨占領江西袁州府，以侍衛李能通守之。十三日，胡林翼、羅澤南攻武昌城，無功而退。二十六日，安徽蕪湖太平軍奉召陸續東回天京，準備圍撲江南大營。

二月一日，燕王秦日綱率陳玉成、李秀成等，及捻首李昭壽，自天京東進，援鎮江。十一日，提督余萬清等與援鎮江的秦日綱等接觸，自東陽至龍潭下蜀連營三十餘里，嚴堵相持。二十二日，湖南巡撫駱秉章與即選道補用知府劉長佑商定二路入江西，援曾國藩，同知蕭啓江出瀏陽，劉長佑出醴陵，爲總統。

三月一日，石達開又占領了江西吉安府。二十四日，石達開在樟樹鎮大破副將周岐山等，斬獲千餘，兵勇潰奔南昌。南昌人心大震，奪門奔走，相踐以死，省城幾乎不保。二十七日，曾國藩從南康回到南昌，親自統轄潰勇，人心才稍安。二十八日，石達開又占領江西撫州府。

四月三日，秦日綱等大敗欽差大臣托明阿等於揚州之土橋，清兵聞風而逃，潰散大半，托明阿等退三議河。這天，石達開占領江西萬年，進向樂平，回援天京（約二、三萬人，大都爲新自廣東來者，即所謂潮匪）。留黃玉琨代主江西軍務。四日，石達開的部將又占領江西建昌府。這時，江西八個府城，五十餘縣，都被太平軍占有。曾國藩困守南昌，另有廣信、饒州、贛州、南安未下，但也時有太平軍蹤跡。而胡林翼、羅澤南久攻武漢也不能下，情勢十分窘急。

四月五日，秦日綱、陳玉成、李秀成等占領揚州府，托明阿退揚州西南蔣王廟。六日，韋俊、洪仁政得九江等地援兵，洞開武昌城門，襲攻胡林翼、羅澤南軍。羅澤南左額中槍。八日，石達開大軍自江西三路入皖南，一取婺源（南路），一攻祁門（中路），自督大隊進向建德（北路），期於皖南會齊，共取寧國府，以援天京。十二日，湘軍猛將羅澤南因傷卒於武昌洪山軍中，年五十歲。胡林翼以李續賓接領其軍。

十七日，欽差大臣德興阿乘秦日綱等西進，城內太平軍正在聽講道理，出其不意占領揚州。二十八日，秦日綱、陳玉成、李秀成等自江浦折回揚州，敗總兵李志和，占領儀徵。五月二日，石達開占領安徽寧國府。七日，胡林翼遣同知曾國華（國藩三弟）統四千一百人，自武昌全部拔營，由咸寧、通城入江西援曾國藩。於是，曾國藩規復武漢的計畫又生一挫折，湘軍的困危至此達到了極點。

湘軍雖然困危，但是太平軍主力正向天京集結，暫時還支持得住。五月十八日，石達開攻江寧秣陵關被拒退。二十日，再度猛攻江寧秣陵關，被來援的總兵張國樑敗退。二十七日，秦日綱、陳玉成、李秀成等自瓜州越過金山，攻黃泥洲。二十九日，秦日綱等占領鎮江黃泥洲，猛攻高資府。三十一日，湖北提督楊載福督軍攻毀漢陽東門的太平軍船隻約三百號，燒其岸陸營。武漢太平軍的戰船被焚毀殆盡。

六月二日，秦日綱等攻破鎮江煙墩山清營。三日，又破鎮江九華山清軍營盤七十餘座。五日，石達開的北路軍進至江寧大勝關，東援天京。十日，張國樑在鎮江京硯山擊敗秦日綱等，解京硯山圍，十三日，石達開南路軍進占溧水，謀聯合秦日綱等圍攻欽差大臣向榮大營。十四日，秦日綱等自鎮江西回天京，東王楊秀清下令攻破孝陵衛江南大營，方准入城。陳玉成、李秀成等入天京，請緩期攻江南大營，東王楊秀清不准。

二十日，石達開、秦日綱及天京城中楊秀清三路人馬猛撲向榮江南大營，清軍潰散，向榮、張國樑等於夜間敗走淳化鎮，太平軍並未追擊。天京解圍。第二天，向榮、張國樑等走句容，退往丹陽。江南大營完全崩潰。二十二日，秦日綱、陳玉成、李秀成、李昭壽等奉東王楊秀清之令追擊向榮。八月間，向榮憂憤地死於江南丹陽。

這時候，長江上下，太平軍無往不利，皖北的捻勢亦張，囊括江淮，似乎是指顧間的事。然而，就在這個關頭，天京連續發生自相殘殺的內變，湘軍得到喘息的機會，局勢亦完全改觀。

七、神族鬥爭

太平天國的最高領袖是天王洪秀全，但早在一八五一年底永安發生叛降軍帥周錫能案時，東王楊秀清已出令執行後，才奏知天王洪秀全，可見這時東王權力已經超過天王。大概也就在這時候開始，楊秀清假託天父下凡時，洪秀全還得向他跪拜。

一八五二年，太平軍出湖南，南王馮雲山、西王蕭朝貴先後戰死。馮雲山對太平天國的創建出力最大，爲顧全大局才屈居楊秀清、蕭朝貴之下，楊秀清也得讓他幾分，蕭朝貴和楊秀清親近，其亦是洪秀全的妹婿，在洪、楊間多少有些聯繫的作用。兩人死後，楊秀清更加肆無忌憚了。

一八五三年十二月二十四日，楊秀清藉洪秀全杖責女官的一件小事，假託天父下凡，怒責洪秀全，要打他四十杖。韋正等哭求開恩赦宥，願意代受杖，不准，到洪秀全伏地等候杖責，才說既已遵旨，可以赦免。楊秀清玩弄洪秀全簡直像傀儡一樣。但是，洪秀全並不是一個甘心做傀儡的人物，而且有一種烈火般的性格。這點楊秀清也知道，他有一次勸洪秀全說：

「自古以來，爲君的人常常恃其氣性，不納臣諫，往往以得力的忠臣，一旦盛怒而誤殺，致使國政多乖，後悔也來不及了。」

楊秀清看得很清楚，洪秀全是一團火，隨時可以把他燒毀，但是權力的滋味讓他忍不住要去玩火。太平天國內訌的主要禍源便在洪、楊之間的這個矛盾上。

其次，楊秀清爲了奪取太平天國領導權，經常向身爲領導集團的北王韋昌輝、翼王石達開、燕王秦日綱加以壓迫，顯示他的威權。韋昌輝犯錯，他就把韋昌輝打幾百杖。

有一天，秦日綱的一位牧馬者坐在門前，看見楊秀清的同庚叔到來，沒有站起。楊秀清同庚叔生氣，把牧馬者打了兩百鞭，交給秦日綱，秦日綱沒時間處理，又送付黃玉琨。黃玉琨是石達開的岳父，封衛國侯，管理太平天國法庭事務。同庚叔要黃玉琨把牧馬者加杖。黃玉琨說既經鞭打，可以不必再加杖，只用好話把同庚叔勸慰一番。同庚叔更加發火，推倒黃玉琨公案，回去告訴楊秀清。楊秀清也生氣，下令石達開逮捕黃玉琨。黃玉琨聞訊立刻辭職，秦日綱與興國侯陳承鎔得知此事也都辭職。楊秀清大怒，把黃玉琨等鎖交韋昌輝，打秦日綱百杖，陳承鎔兩百杖，黃玉琨三百杖，並革了黃玉琨侯爵，降爲伍卒，牧馬者被五馬分屍。楊秀清此舉目的在把韋、石、秦等人壓在積威之下，一旦取洪秀全而代之時，使他們不敢不屈服。但是，韋、石、秦諸人受了楊秀清的威逼，還如李秀成說的「積怨於心，口順而心怒」，一時隱忍不發，卻在默默等候機會報復。這是太平天國內訌的另一個禍源。

太平天國定都南京不久，向榮的江南大營就在城外包圍，揚州城北又有琦善的江北大營，雖然久駐無功，畢竟是肘腋之患，彼此都不敢輕易發作。然而，早在一八五五年，《賊情彙纂》的編者已經洞悉這個危機，認爲楊秀清「叵測奸心，實欲尊洪秀全而自攬大權，獨得其實，甚或意欲仿古之權奸，萬一事成，則殺之自取」。又認爲「楊賊與昌輝相互猜忌，似不久必有併吞之事」。果然，一八五六年六月天京解圍，太平天國情勢正當大好，九月就發生了內變。

天京解圍，秦日綱、陳玉成、李秀成追擊向榮。韋昌輝在江西主持軍務。不久石達開也上援武漢。這時，東王楊秀清假天父意旨，要求天王洪秀全封他萬歲。洪秀全心裡雖然不高興，卻怕他的威勢，裝作高興的樣子答應了。九月一日，韋昌輝從江西回到天京，很快完成部署，連夜包圍東王府，捉住楊秀清。楊秀清對韋昌輝說：

「你我金田起義，你現在不能殺我。」

韋昌輝說：

「你要奪位，我奉二兄（洪秀全）令殺你，今天的事不能兩全，不殺你，我就該死。」

說完假作拔劍要自刎，他的隨從奪了他的劍，向楊秀清亂砍，把楊秀清殺死。

當時東王府各級官員兵士共有兩萬多人，還有一部分沒被監視。韋昌輝一不作二不休，想出一條毒計來，假稱天王洪秀全降詔說他和秦日綱處置楊秀清謀叛事過分枉殺，應該受杖刑四百。楊秀清部下都被召去看兩人受刑。因爲洪秀全曾經降詔說楊秀清逆謀是自天洩漏的，餘黨一概赦宥不問，所以楊秀清的武裝部隊五千多人都奉特召前來觀看行刑。行刑的時候，行刑者盡力打擊，響聲可聞，木棍當場折斷，韋昌輝、秦日綱俯首受刑，極爲服從。楊秀清的武裝部隊不知是陰謀，竟被誘卸下軍械。有兩座大房屋是特別指定做收容他們用的，等到全部進去以後，外兵就開始圍攻、屠殺。楊秀清的武裝部隊既然被屠殺，其他人也跟著被屠殺，甚至連嬰兒也不能免。東王的親戚黨羽，總計被殺了兩萬多人，幾乎是趕盡殺絕。這是天京的第一次內變。

東王被殺，一般認爲是出於天王洪秀全密召主使。不過，李秀成供狀卻一再說是北、翼二王密謀，並不說天王密召主使。而且似乎兩人早有此圖。從日後洪秀全對楊秀清念念不忘，對韋昌輝卻絕口不提來看，這個說法是可以成立的。或許，韋昌輝與石達開商定以後，得到天王的默許，才殺了楊秀清。不過，當初石達開與韋昌輝密議，只殺楊秀清和他的三個兄弟，此外不得妄殺一人。十月，石達開從武昌洪山回到天京，嚴厲指責北王的濫殺，想要加以制止。韋昌輝大怒，想連石達開一併殺了。石達開得到消息，縋城而去，走往安慶。韋昌輝就殺了石達開全家。這是天京的第二次內變。

此後，韋昌輝仍然不分皀白，繼續濫殺，懸賞購拿石達開，天京人人自危。十一月，石達開在安慶起兵靖難，東討北王韋昌輝。這時，陳玉成在皖南寧國府作戰不利，石達開就先移兵去援寧國，上奏天王請誅韋昌輝以正國法。天王洪秀全與天京文武合誅韋昌輝、秦日綱，將韋昌輝首級送到寧國府，交石達開驗看。不久石達開回天京。這是天京第三次內變。十二月，胡林翼乘機克復武漢，底定湖北，湘軍不再有後顧之憂，並有了穩固的後方，餉械委輸不絕，傷病休養得所。曾國藩終於藉此克復南京。

石達開是太平軍中傑出的政治人物。曾國藩說他「最悍」、「最譎」、「挾詭詐以馭衆，假仁義以要民」。左宗棠也說他「狡悍著聞，素得群賊之心，其才智出諸賊之上。而觀其所爲，頗以結人心、求人才爲急，不甚附會邪教俚說，是賊之宗主，而我之所畏忌也」。韋昌輝死後，石達開掌理政務，攻守兼施，重用青年將領陳玉成和初露頭角的李秀成，聯結捻眾，攻略皖北、鄂東，穩定了太平天國的局面。洪秀全以飽嘗楊、韋之苦，不信外臣，專任他無才無能的胞兄洪仁發、洪仁達。一八五七年六月，石達開以遭受洪氏兄弟仁發、仁達的疑忌，出走安慶，轉赴江西，別圖發展，實際上已經與洪秀全脫離關係，自樹一幟。這是天京第四次內變。

石達開出走，太平天國不只是損失一名重臣、猛將，而且帶走了大批精兵。在往安慶時，石達開沿途張貼布告，表白他的態度：

為瀝剖血誠，諄諭眾軍民，自恨無才智，天國愧荷恩。惟矢忠貞志，區區一片心，上可對皇天，下可質古人。去歲遭禍亂，狼狽趕回京，自謂此愚忠，定蒙聖君明。乃事有不然，詔旨頻降仍，重重生疑忌，一筆難盡陳。用是自奮勵，出師再表真，力酬上帝徒，勉報主恩仁。精忠若金石，歷久見真誠，惟期妖滅盡，予志復歸林。為此行諄諭，遍告眾軍民，依然守本分，照舊建功名。或隨本主將，亦足標元勳，一統太平日，各邀天恩榮。

石達開一向很得人心，這篇布告又說得明白懇切，許多人激於一時義憤，帶了部隊跟著他出走。石達開到安慶後，江西守將告急，十月石達開入江西督師，從此就遠征不返。

經過這四次內變，尤其是石達開帶領大批精兵出走，太平天國大約損失一半的兵力，元氣大傷。一八五七年底，欽差大臣和春、湖南提督張國樑等攻克鎮江。李秀成救出守將吳如孝軍，走回天京。洪氏兄弟專恣更甚，人心不服，各有散意，曾國藩以爲一年內可以攻下南京。洪秀全的政權得以延續，主要有三個原因：第一是傳聞清軍對於廣西籍的太平軍一概不赦，只有死裡求生，抵抗到底。第二是陳玉成、李秀成忠勇善戰，艱苦支撐，太平軍的威勢因此再振。第三是清廷始終心存滿漢之見，對曾國藩不能眞正信任，付以全權。

一八五八年（咸豐八年，太平天國戊午八年），欽差大臣和春和提督張國樑的江南大營又進到南京城下，對江的浦口爲江北大營，天京再度被困。五月，浙江布政使李續賓，會同福建提督楊載福、惠潮嘉道彭玉麟水師攻克九江府。太平天國守將林啓容等一萬七千餘人死之。扼長江咽喉的九江，在林啓容據守四年餘之後，重回湘軍手裡，江西各城也大都被湘軍奪回。

李續賓乘勝進軍皖北，太平軍前軍主將陳玉成、後軍主將李秀成聯合奮戰，九月底破江北大營，十一月在皖北三河鎮和湘軍大戰十餘天後，殲滅李續賓全軍，湘軍精銳盡喪，李續賓、曾國華都死在這場戰事中，這是太平軍在頹勢中的重大勝利。陳玉成、李秀成繼續南進，月底解了安慶之圍。十二月，陳玉成、李秀成從安徽太湖再攻宿松，被總兵鮑超、副都統多隆阿挫敗，陳玉成回安慶，李秀成往巢縣黃山，休養度歲。此後，陳玉成當長江上游，保衛安慶，抵禦東下的湘軍；李秀成當長江下游，保衛天京，對抗江南大營。

一八五九年（咸豐九年，太平天國己未九年）三月，清參將李世忠進占浦口，斬懷天福（官銜）某。當時李秀成在安徽巢縣黃山，得知江浦之變，立即來救，但已經來不及了。四月，留居香港五年的天王族弟洪仁玕到達天京，天王洪秀全非常歡喜，封他為千天福。五月，天王封洪仁玕為義爵加主將。幾天後，天王封洪仁玕「開朝精忠軍師頂天扶朝綱干王」，總理機務。六月，前軍主將又正掌率陳玉成也進封英王。十一月，陳玉成、李秀成大敗江南軍署湖北提督周天培、總兵張玉良等於江浦，占領浦口，圍攻江浦，周天培戰死。

這時，安慶告急，陳玉成扯兵西上，李秀成則留守浦口。後來，天王猜疑李秀成，不准人馬渡江回京。先投太平軍後來降清的捻首李昭壽，原來與李秀成相識，見陳玉成封王，頗爲李秀成抱不平，作書勸他降清。天王恐怕李秀成有變，十二月中，加封他爲忠王。

洪仁玕頗有新知，擬定了一套改革計畫，叫做「資政新篇」，備論政教方策，世界大勢，主張採用新的制度及科學技藝，「器使群材，賞罰嚴明」，以期振奮人心。他的建議要旨是權歸於一，改革風俗，仿行西法。在所列舉的具體事項中，値得注意的有設置書信館、新聞館、醫院、市鎭公所、鄉兵（警察）、興辦鐵路、銀行、工藝、礦務。

除了新聞館外，天王都認爲應行，但究竟是紙上空談。第二年，中國第一位留學美國的容閎，建議改善軍隊組織，設立海陸軍學校、實業學校，釐定教育制度，建立良好政府，聘任有才能的行政顧問，開辦銀行，也都不能見諸事實。容閎在天京考察一個多月，認爲洪秀全實在沒有能力建設新中國。

淸軍方面分爲兩大集團，一是長江下游和春、張國樑所統的江南大營，由綠營組成。一即曾國藩、胡林翼所部，以湘軍爲主力。江南大營號稱五、六萬，核實不過半數，以長壕困天京，以爲大功早晚可成，「將驕兵惰，終日酣嬉，不以賊匪爲意，或樂桑中之喜，或戀家室之私，或群居縱酒酣歌，或日在賭場煙館」。每四十五天才發一月的餉，士卒怨望，揚言「賊匪一到，我們即走」。

忠王李秀成、干王洪仁玕，以天京久被圍困，改採機動戰略，以輕騎出皖南，直下浙江，拊江南大營之背，斷其餉源，分其兵力。一八六〇年（咸豐十年，太平天國庚申十年）三月，李秀成襲破杭州。和春自江南遣兵來援，李秀成放棄杭州，星夜西返，會集所有兵力，包括來自皖北的英王陳玉成，分道猛撲江南大營。經過十天激戰，五月初，和春、張國樑全軍盡潰，天京再度解圍。此後兩年，城外無清軍蹤跡。這是太平軍末期軍事的一次大勝，然而，這也造成清廷的專任湘軍，事權歸一，從此湘軍可以全心全力對付太平軍。

湘軍所以不能乘天京內亂的時機，在奪回武漢之後，全力推進，不完全由於力不從心，而是滿人對漢人的缺乏信任。湘軍初次克復武漢，某大臣反說曾國藩以匹夫崛起，從者萬餘，恐非國家之福，咸豐爲之色變。曾國藩的責任甚重，而權力有限，僅有一「欽差兵部右侍郎」虛銜。一八五七年三月，因父喪，奏請終制，頗有就此引退之意。七月，再請開缺，並歷陳歷年辦事艱難竭蹶情形。一爲對所部官兵僅能奏保官階，不能挑補實缺，事權不如提督、總兵。二爲籌餉須經地方官之手，與督撫有客主之分，難以呼應靈通。三為奉命統兵未見明旨，時有譏議，所用木印關防，時常更換，州縣往往疑為偽造，號令難於取信。而清廷竟准其所請，讓他賦閒在家。曾國藩家居年餘，一八五八年，以石達開糾合江西太平軍東進，才再被起用，先命援浙江，繼命援福建。又命他前往四川，最後，改援安徽，牽制上游太平軍，好讓和春獨收克復南京之功。一八五九至一八六〇年間，曾國藩與太平軍英王陳玉成劇戰於安慶附近，歷時三個月，所恃的是湖北巡撫胡林翼的支持。

江南大營二次崩潰時，曾國藩、胡林翼、左宗棠正在安徽宿松會商全局。左宗棠說：

「天意大概有了轉機吧？江南大營將蹇兵疲，哪能夠討賊？經過這一番洗蕩，後來的人才可以有入手的地方。」

胡林翼認為「否極而泰，剝極而復」的時候到了，都在慶幸和春的失敗。胡林翼料定北京勢必重用湘軍，曾國藩必可取得「督符」、「兵符」，結果只是要他迅速東援，喪氣極了。到蘇州失守，清廷環顧宇內，將帥之能，兵勇之衆，以湖南為最，除了仰仗湘軍外，沒有其他辦法。一八六〇年六月，命曾國藩署理兩江總督，過兩個月，並命為欽差大臣，督辦江南軍務，所有大江南北水陸各軍，都歸他節制。從此他可以「破格請將，放膽添兵」，湖南集團滿意了，湘軍名副其實地代替了綠營。

爲了進兵東南，曾國藩移駐皖南祁門，留軍繼續攻安慶，以爲將來克復南京張本。不久英法進軍北京（第二次英法聯軍，後來簽訂北京條約），詔令北援，對他又是一個難題。曾國藩雖然曾有此請，但似乎並非出於內誠。他對曾國荃說：

「北援不必多兵，只要我和潤帥（胡林翼）二人中有一人，遠赴行在，奔問官守，可以明君臣之義，著將帥之識，至於有沒有用，那就聽天由命了。」

又對胡林翼說：

「天下有理有勢，保江西、兩湖三省，是勢。我們就目前的職位，只能求不違乎勢，而不太悖於理。」

也就是說，北援只是一種姿態，鞏固現有疆土，對付太平軍，才是最重要的事。

這時，武漢在胡林翼艱苦經營下，已經屹然爲一重鎮，九江也被湘軍收回，長江上游重鎮中，太平軍只剩地當長江中站、握皖北樞紐的安慶。幾年來，陳玉成經營皖北，聯絡捻軍，救援天京，都以此爲根據地。守安慶，則大江南北軍事往還有交通的孔道，蕪湖的糧道可以源源接濟天京。安慶失，則長江千里的險阻盡爲敵有，天京的屏障盡撤，軍事交通、糧道運輸都有立刻斷絕的危險。所以湘軍進圖南京，以攻安慶爲第一策。太平軍守天京，也以保安慶爲最後防線。

一八五八年底，陳玉成、李秀成滅李續賓全軍後，又與捻軍聯合，皖北震動。清廷令曾國藩暫緩入川，曾國藩就上疏論說，洪秀全是僭號之賊，石達開等只是流賊。剿辦僭號之賊，要翦除枝葉，併搗老巢。要廓清各路流賊，必先攻破洪秀全的老巢南京，然後江南大營的軍隊可以分剿數省，其餉也可以分潤數處。要攻破南京，必先駐重兵於滁、和，然後可以去江寧的外屏，斷蕪湖的糧路。要駐兵滁、和，必先圍安慶，以破陳玉成的老巢，兼搗廬州，以攻陳玉成之必救。清廷採納他的建議，於是定下進攻安慶的戰略。一八六〇年春，湘軍以曾國荃爲主將，進攻安慶。雖然遭到太平軍的堅強抵抗，始終沒有放棄這個戰略。

可是，李秀成對下游蘇、常的重視，卻超過上游的安慶。天京二度解圍後，太平天國幾個重要領袖登朝慶賀，並商議進取策略。英王陳玉成主救安慶，侍王李世賢主取閩浙，干王洪仁玕、忠王李秀成主取長江下游。天王從干王、忠王議，就命李秀成東攻蘇、常。五月十九日，李秀成長驅而東，張國樑、和春敗死，人民爭殺清軍以迎。除了上海、鎭江，兩週之內，江南被他席捲。八月，進攻上海，不下。同時上游軍事轉急，潛山、太湖、宿松相繼爲湘軍所陷，湘軍前鋒垂垂迫近安慶，太平軍遂陷於兩線作戰。

太平天國發生內變以前，名將如雲，兵力雄厚，長江上游爭奪的目標是武漢重鎮，九江一直牢牢掌握在手中。內變發生以後，楊秀清、韋昌輝、秦日綱相繼以死，石達開率大軍出走，羅大綱死時不詳，但已不見活動，韋俊（昌輝弟）於一八六九年降清，剩下後起的兩名新秀英王陳玉成、忠王李秀成率領殘兵苦苦支撐。而且武漢、九江相繼失陷，防線退縮到安慶一帶。可見這幾次內變對太平天國的傷害多大。李秀成想攻取蘇、杭、上海，然後置辦輪船，再溯江而西。不料，上海未下，長江上游軍事已轉急，太平軍陷於兩線作戰，陳玉成、李秀成各自獨當一面，首尾難以相顧。

這時，一向持中立態度的外人又轉而支持清廷，孤軍奮戰的英王陳玉成、忠王李秀成，處境更加困難。一到安慶失落，太平軍就陷入四面楚歌的困境了。

八、天使折翼

太平天國定都南京後，英、美、法三國承認的仍是北京政府。各國希望從清廷取得更多的讓與，所以要維持清廷政權的存在。北京政府雖然不是事事聽命，可以予取予求，終是可以迫令相就，比起南京的太平天國容易對付多了。開放整個中國是各國殷切的冀求，特別是太平軍控制下的長江流域。然而各國不向南京提出，仍想和北京交涉。一八五六至一八五八年間，居領導地位的英國以爲太平軍敗亡不遠，更是急著從北京取得這項權利。

一八五八年的天津條約滿足各國多年的慾望，更堅定了它們和北京的關係。今後的問題爲如何儘早使其付諸實施。中英條約訂明長江各港口英船都可以通商，「惟現在長江上下游均有賊匪，除鎮江一年後立口通商外，其餘俟地方平靖，准將自漢口溯流至海各地，選擇不逾三口，准爲英船出進貨物通商之區」。

清廷起初並不存著利用英國對付太平軍的心理，而且擔心彼此溝通方面的問題；在英國則已經完全放棄交好太平軍的想法，倒是盼望早日蕩清太平軍，以便符合它的利益。上海通商章程簽字之日，特使額爾金（Lord Elgin）席不暇煖，率領軍艦，溯江西上，考察開埠事宜。路經南京、安慶，與太平軍發生炮戰。太平天國當局來書表示歉意，天王詔旨，稱額爾金爲「西洋番弟」，歡迎前來，當以禮相待。額爾金從漢口東下，安慶太平軍守將也解釋誤會，充分道歉。長江太平軍水營統將函請以洋炮彈藥相讓，說是彼此情同手足。職位相當於太平天國副首相的李春發對於額爾金派來天京的威安瑪（Thomas Wade）、李泰國（I. N. Lay）、俄理範（L. Oliphant）、偉烈亞力（Wylie），以酒食款待，說今後英船通過，可以預先知照，以便派員護送。

然而，額爾金對太平軍的印象卻十分惡劣，認爲終必失敗。李泰國在上海面告桂良，「該夷毫無紀律……實係賊匪行爲……口稱奉耶穌教，詢以耶穌教中之語，所答非所問」。怡良以爲「夷人看賊不起，不屑與之往來」。英國對北京雖然也說不上好感，但它仍統有中國大半，還有體統。太平軍僅擁有安慶到南京的長江兩岸，只是勉強掙扎而已。

太平軍對英人多方表示善意，大概是鑑於英國兵力強大，太平軍的困難尚多，不得不爾。一八六〇年五月，太平軍再破江南大營，長驅東下，英、法公使立即宣布保衛上海。忠王李秀成占有蘇州後，致書英使，說明攻取上海、松江的必要，希望前來面商，以敦盟好。後來又去函，勸英人勿助清軍，免傷和氣，但都沒有回音。不久和外人素有交情的干王洪仁玕來到蘇州，再與李秀成聯銜邀英國教士艾約瑟（J. Edkins）相見。艾約瑟詢問英國副使（祕書）卜魯斯（Prederick W. A. Bruce）的態度，卜魯斯告以英國對清軍及太平軍不做左右袒。

是年六月，江蘇布政使薛煥、蘇松太道吳煦與曾任怡和洋行買辦四明公所董事楊坊商定，由美人華爾（F. T. Ward）編組洋槍隊，協防上海。華爾是一個軍事冒險家，多事的中國，對他正是大好機會，小則可以趁火打劫，大則可以自建一個政權。他的同國人法爾思德（Forrester）、白齊文（H. A. Burgevine）是他的同夥。他們招募了兩百多名外國逃兵、失業水手及亡命之徒，以呂宋人爲多，餉糈由上海官商供應。七月，奪回松江，搶掠之外，並得賞銀三萬兩，名利雙收，繼續向太平軍進攻，後來爲李秀成所敗。

艾約瑟到蘇州以後，諒必將卜魯斯的表示轉告洪仁玕與李秀成，洪、李信以爲實。又以英、法正向華北進兵，不致與太平軍爲敵，留守上海的洋兵無幾，不難一舉而下，遂於擊破洋槍隊後，乘勝而進。卜魯斯發出警告說，英、法已經在上海縣城及租界設防，如果進攻，即行還擊。李秀成向英、法、美公使聲明不擾外人。八月十八日，開始攻城，二十一日，為英、法軍及軍艦所敗。同一天，英、法軍奪占大沽炮台。兩者看來極為矛盾，其實都是為了自身利益。這是太平軍初次與洋兵接觸，也是英國對太平軍態度轉變的具體明徵，不過這還不能說是英政府的決定。

在中國的英教士以及商人大都贊成中立，主張對太平軍干涉的為軍人與外交官。額爾金返國之前，曾分函卜魯斯、巴夏禮（Harry Parrkes，英領事）、何伯（James Hope，英海軍提督），說事實上不能不與太平軍交往，可以設法和他們成立諒解，以便順利通商長江。太平軍以忙於西征，江南一時無事，訪問南京、蘇州的英、美教士絡繹不絕，長江各地走私的外國商人尤其多，駐南京英軍艦的副領事也做這種勾當。一八六一年（咸豐十一年，太平天國辛酉十一年）二月，巴夏禮隨何伯到南京。三月一日，與艦長雅齡（Captain Aplin）一同會見太平天國贊王蒙得恩之子贊嗣君蒙時雍及章王林紹璋，說英國已取得長江通商權，以後英船往來，如果遵守太平天國法令，不得阻撓，太平軍如攻漢口、九江，而不侵及英人生命財產，停泊該地的英國軍艦，也不與之為難。經天王同意後，就下詔宣示，凡未助妖（清軍）的人，一律寬赦，外國商人一如兄弟，有關事宜由羅孝全總理（羅孝全於一八六〇年到天京，掌管外務），並送還太平軍中的英國逃兵。五月，美國海軍提督司百齡（Commodore Stribling）也獲得相同的保證。

三月二十二日，巴夏禮由漢口東返，路過黃州，警告英王陳玉成勿攻漢口、漢陽，顯然違背三月一日的承諾。二十八日，何伯令雅齡進而要求太平軍不得進入上海附近百里之內，否則以武力周旋，英國也不准清軍以上海爲進攻太平軍的基地，這是英國準備干涉的明白表示。

巴夏禮、雅齡與蒙時雍談判五天，聲言太平軍如果破壞口岸商務，彼此關係就沒辦法改善。天王最初僅允許不傷害外人，但不能阻止太平軍進攻上海。四月二日，巴夏禮、雅齡親自到天王府投文，天王答應本年之內不進入上海附近，詔命中西永遵和約。何伯、巴夏禮的要求，仍然是他們自己的主張，並非倫敦的訓令。

外相羅素（John Russell）認爲英國無權防衛口岸，曾告誡卜魯斯對於中國內戰的行動勿逾越保護英國人安全與商業所必需的範圍。但是英國終於介入，卜魯斯、何伯的堅持與其他在華外交軍事人員的報告，最具影響力。

一八六一年五月，何伯指華爾誘招英國逃兵，加以逮捕，送交美國領事，這事與天京已交出太平軍中的英國逃兵應該有關係，意在表示中立，避免與太平軍發生新的糾紛。美領事以華爾已入中國籍，將他釋放。華爾答應不再收留英國逃兵，何伯允諾幫他在松江招募華人爲兵，以歐、美人爲軍官，給以西方裝備。是年十一月，洋槍隊擴大到兩千餘人，以綠布包頭，通稱爲綠頭勇，太平軍呼爲「假洋鬼子」。整編完成後，何伯親自前往檢閱，顯然仍要它對付太平軍，必要時可以配合英軍行動，這是他準備與太平軍作戰的「重大措置」。

長江上游方面，安慶是主要戰場。一八六〇年，江南大營再陷，清廷屢命曾國藩移師東援，時人也更加迫切責望；或說宜直搗南京，或說宜進規蘇常，或說宜分援蘇杭。曾國藩一無所動，堅持安慶一軍絕不可動。他上疏論道：第一，自古平江南之策，必踞上游之勢，建瓴而下，才能成功。要收復蘇、常，南軍須從浙江而入，北軍須從南京而入。要收復南京，北岸則須先克安慶、和州，南岸須先克池州、蕪湖，才能得以上制下之勢。如果從東路入手，內外主客，形勢全異，必至仍蹈（向榮、和春）覆轍。第二，湘軍已進薄城下，如果一撤動，則軍氣餒而賊氣盛，不但鄂邊難以自保，就連北路各軍也將覺得孤立無援。因此，安慶一軍，目前關係淮南全局，將來就是克復南京的張本。第三，水師如得此城，就有所依附，以爲根本，以絕南京賊糧之援，以殺江、淮各賊犄角之勢。

曾國藩盱衡全局，深謀遠慮，戰略的確高人一等。但清廷仍要他規復蘇、常，以保滬、杭。不得已，只好自統八千人移駐皖南祁門，留曾國荃部一萬一千人繼續圍攻安慶。擔任掩護與救援的有多隆阿、李續宜、胡林翼部陸軍，及楊載福的水師，大約共四萬人。

太平軍亦瞭解安慶關係重大，洪仁玕曾說：

「自古取江山，總是先西北而後東南，因爲由上而下，其勢順而易，由下而上，其勢逆而難。而且長江以北，黃河以南，號稱爲中州魚米之鄉，前幾年京內（天京）所以能夠有恃無恐，實在是依賴於有此地的屏藩資益……長江，古稱長蛇，湖北爲頭，安慶爲中，而江南爲尾。現在湖北未得，如果安徽有失，那麼蛇既中折，尾雖生也活不久了。」

當時李秀成攻上海不利，轉而經略浙江，天王嚴令前赴上游，以解安慶之圍，乘英、法軍進向北京的機會，北掃中原。李秀成與陳玉成在蘇州會商後，陳玉成去皖北，當長江北岸，李秀成向天京，取道皖南西進，當長江南岸，會師武漢。另外由輔王楊輔清等，挺進祁門，以掇曾國藩，侍王李世賢挺進贛東，抄祁門後路，使安慶之圍不解自解。

陳玉成軍行剽疾，初戰安慶的多隆阿等不下，一八六一年三月下旬，西趨湖北，以破竹之勢，五天之內，攻占黃州，因巴夏禮的警告，爲避免對英糾紛，所部繞越漢口，改取鄂北各城。因爲南岸李秀成軍失期，不能取得聯繫，同時安慶情勢緊急，四月，引軍東還。皖南的太平軍於一八六〇年十二月後，一再迫攻祁門，曾國藩幾乎支持不住，幾次瀕於危難，幸而左宗棠在贛東擊敗了截斷祁門糧道的李世賢，才轉危爲安。李秀成對於這次西征，似乎不很積極，用兵又較持重。一八六一年二月，入江西，迂迴贛南、贛西；到六月才入湖北境內，逼近武昌，得知陳玉成、李世賢都已東返，湘軍鮑超到了江西，恐怕歸路被阻，漢口英領事對他也有勸阻，就在鄂南召集降衆以後，向浙江退卻。

西征無功，一八六一年四月至八月，陳玉成糾合皖北、皖南及天京諸軍約三萬餘人，先後四次援救安慶。湘軍全力以拒，曾國藩的大營從祁門移駐於安慶對岸，胡林翼調湖北各軍相助，戰鬥激烈異常。湘軍指揮統一，水陸犄角，糧藥充足；太平軍衆志不一，隊伍不整，補給困難。以往外人爲了貪圖重利，常以米糧售與安慶守軍。曾國藩命各營對走私洋商優予籠絡，以同樣的價格收購所運米糧，卜魯斯也禁止英船再來，安慶遂無顆粒可得。九月五日，糧盡城破，太平軍一萬六千餘人全部戰死，安慶爲湘軍所得，這是太平天國存亡的一大關鍵。洪仁玕曾說：

「我軍最大的損失，就是安慶落在清軍手中。此城實在是天京的鎖鑰而保障東南安全，一落在妖手，就可以作為攻我的基礎。」

安慶失守，陳玉成退往廬州，受到革職處分。他久有經營山東、直隸的準備，這時認為與其坐困，不如別開生路，命所部北進，攻略皖豫之交。一八六二年（穆宗同治元年，太平天國壬戌十二年）春，清軍大舉圍攻廬州。五月，陳玉成北走壽州，被首鼠兩端、曾受太平天國爵職的教總苗沛霖誘執遇害，年僅二十六歲。陳玉成死，皖北太平軍等於瓦解。寂寞的李秀成只好孤軍奮戰，艱苦支撐太平天國。

李秀成從湖北東退時，已知安慶難保，仍按照他西征前的計畫，想奪取杭州，鞏固東南的根據地。一八六一年底，杭州、紹興、寧波，悉為所得。曾國藩深感情勢嚴重，說是「現在浙、蘇兩省膏腴之地盡為賊有，窟穴已成，根柢已固，……浙省兵勇向恃寧、紹為餉源，如今已被賊踞，全省糜爛，無可籌畫」。如果從經濟意義來看，太平軍得到杭州、浙江，與失去安慶、皖北略可相當；以軍事關係而言，杭州、浙江的地位則不能與安慶、皖北相比。不過杭州、浙江的占領，畢竟是太平軍晚期的一大勝利與轉機，也是最後一次的勝利，此後則沒有什麼進展。

一統江南、浙江，是此時李秀成的基本戰略，西征期間，雖然沒有再進攻上海，對浙江則從來沒有放手。一八六一年四月，太平軍占領乍浦，如果渡過杭州灣，就可以攻擊寧波。五月，何伯派艦長哇樂德克（Roderick Dew）前往寧波，警告太平軍，不得進犯，並助清軍布防。太平軍答稱願與英人和好通商。六月，卜魯斯通知何伯說，保護口岸就是保護英國利益，清廷已同意英軍代守寧波，並論及攻取南京之事。另外報告外相羅素，口岸如果被太平軍占領，商業一定受打擊，關稅也必然減少，賠款將難以照付。何伯不贊成攻取南京，怕上海與內地通商因此停止。羅素也不主張採取主動，惟應使海口中立。哇樂德克的保衛寧波計畫獲得了批准。

經過八十天的圍困，一八六一年十二月三十一日，杭州為李秀成攻下，浙江巡撫及駐防將軍以下萬餘人死之。寧波於十二天前，已經被侍王李世賢占領，這是太平軍控制的唯一海口，軍紀嚴整，商務照常，免徵關稅三個月，與外人頗能相安。第二年，何伯及美國公使蒲英臣（Anson Burlingame）趕到寧波，與英、法領事自定北岸為居留地，不許干擾。四月，太平軍開始在鎮海設關稽查，英、法出而阻撓。接著又藉口寧波城上鳴炮擾及居留地與英船，要求拆除炮台被拒。五月十日，英、法軍艦助清軍奪占寧波。

英人最關心的是上海，其次是長江口岸。天王洪秀全只允許在一八六一年內太平軍不得進入上海附近。直到杭州被圍，何伯預料，此城一旦爲太平軍所得，上海勢必受到威脅。巴夏禮再到南京，十二月二十七日，由艦長平安（Henry M. Bingham）提出四項要求：一爲賠償英人在太平軍領域內被劫損失；二乃英船得自由航行太平軍領域內河流；三是嚴禁太平軍侵入上海、吳淞周圍百里之地；四是漢口、九江附近百里之內亦不得進入，並不得擾及鎮江領事署所在地。結果全被駁斥，平安聲言將伺機採取必要措置。

英國關心上海，李秀成則一定要取得這個陸上孤島。占有杭州後第七天，李秀成率軍北去，曉諭上海洋商，「各宜自愛，兩不相擾」，「如果助逆爲惡，與我軍相爲敵，則是自取滅亡」。這時他已不惜與外人一戰，不像上次的多方懇勸。一八六二年一月，太平軍連占上海周圍各縣。二月，被英、法及華爾的洋槍隊敗於浦東。三月，華爾得英軍艦之助，又捷於上海西南，洋槍隊改名「常勝軍」。四月，太平軍慕王譚紹光與英法軍、常勝軍大戰於上海、松江之間，不利而退，這是上海之戰的第一幕。

英、法軍決定肅清上海周圍百里，改採攻勢，所得城池，交常勝軍戍守，財務平均分配。五月，占領嘉定、青浦。李秀成反攻，大捷於太倉，奪回嘉定，英軍提督士迪佛立（C. W. Stavely）焚城敗走，法軍提督卜羅德（A. Protet）戰死奉賢南橋。六月，譚紹光奪回青浦，俘常勝軍副統領法爾思德，直逼上海縣城。英、法軍屢敗之餘，不敢出擊。這時，李鴻章所統湘、淮軍已至，力戰三天，太平軍後撤。滬中商人一向恃洋人爲安危，太平軍援軍大至以後，洋人按兵不動。李秀成以天京緊急，八月回師西援，留譚紹光主持東線。十一月，太平軍再迫上海，又被湘淮軍及常勝軍擊退。這是上海之戰的另一幕。

上海會戰之前，地方官紳與英法已經成立一個「中外會防局」。英方主張參戰最力的，始終爲何伯、卜魯斯與上海領事麥華陀。麥華陀報告外部，清軍無力保護上海，卜魯斯強調如果英國不想拋棄在華利益，必須維持清廷。美國公使蒲安臣也說，清廷爲合法政府，應該給與道義援助。這時北京的當權者爲恭親王，卜魯斯和他商定中外聯合作戰，僱外國兵輪保衛寧波，英、法兵在上海助戰，軍艦可以入江協防，常勝軍擴編爲四千五百人。

洪仁玕對於此時李秀成的進攻上海，很不以爲然，致書詳論安慶失守後天京的危險，主張先西北而後東南。李秀成認爲取得東南，就可以高枕無憂，湘軍還沒有敗象，要慢慢等待時機。蘇州儒士黃畹（王韜）勸他暫時不要用兵上海，英、法志在通商，僅知自守，並非存心與太平軍相敵，對之寧和勿戰，應移文英、法，定上海爲通商境界，不得容留清兵。先取長江下游各地，設關徵稅，藉足國用，再溯江而上，規復安慶、九江、漢口，聯絡石達開，盡收黃河以南，然後封鎖上海，待其內變。後來洪仁玕說，太平天國禍害之源，爲「洋人助妖」。洪秀全的妻弟賴文光說李秀成「不知君命，妄攻上海，不但攻不下，而且失了外國和約的大義，敗國亡家，都由於這次行動」，未免說得太過分了。從另一方面來說，如果李秀成攻下上海，不但可以無後顧之憂，餉源也可以不愁匱乏，可惜沒能如願。下游的英、法軍公開支持清廷，上游的湘軍長驅而東，太平軍陷於夾攻，首尾不能兼顧。

一八六〇年曾國藩的平定江南計畫，分爲南、北兩軍，規復蘇、常及南京，南軍由浙江而入，北軍夾江而下。曾國藩與胡林翼、左宗棠在安徽宿松會議時，商定先由左宗棠經營浙江。左宗棠也是湖南人，舉人出身，富於才略，一八五二年起，佐湖南巡撫駱秉章幕。湖南爲湘軍後方，所有軍餉、援兵、戰略，歸他籌策，權盛一時，名望甚大，遭忌亦深，幾獲重咎，幸虧有胡林翼與咸豐的近臣郭嵩燾、潘祖蔭力保，才能平安無事。經曾國藩舉薦，自領一軍，最初駐在贛東、維護祁門大營後路。杭州失守，又因曾國藩的奏請，授浙江巡撫，擔任南路軍主帥。一八六二年二月進入浙西，與李世賢相持八個月。等到李秀成北援天京，左宗棠才有進展，乘浙江太平軍內部不和，一八六三年（同治二年，太平天國癸開十三年）初，連下數城，逼近杭州附近的富陽，擢升閩浙總督。

與左宗棠部相呼應的為浙東英、法人組成的中外混合軍。先是，寧波英領事館募勇三百，號為「綠頭勇」。英、法軍奪占寧波後，英軍官呩樂德克仿「常勝軍」之例，將「綠頭勇」擴編為千人，分稱「常安軍」與「定勝軍」。浙海關稅務司法人日意格（Prosper Giquel）及參將勒伯勒東（A. E. Le Brethon de Caligny）另募一千五百人，想與英國抗衡，號「常捷軍」，通稱「花頭勇」。一八六二年秋，呩樂德克會同花勇、綠勇及上海前來的「常勝軍」，奪占寧波附近四縣，華爾因傷而亡。翌年，花、綠勇西攻紹興，屢為太平軍所挫。「常捷軍」統領勒伯勒東、達爾第福（Tardif de Moiderey）相繼戰死，改由德克碑（Paul Daiguebelle）接統，占領紹興。呩樂德克被召回國，「常安軍」、「定勝軍」解散，「常捷軍」繼續參戰，兵力已達三千五百人。

江、浙大亂，上海為富家巨室避難麕集的地方，戶口由三十萬增加到一百萬，「商賈輻輳，釐稅日旺，官方更可以招將募勇，過一年兵員增到五萬四、五千人。但都是市井無賴，或是盜竊，或是通賊（太平軍），太平軍窺伺更甚」。江蘇是兩江總督轄境，湘軍既有安慶，聲威正盛，上海蘇紳馮桂芬、潘曾瑋等，因此有向曾國藩請援之議。蘇撫薛煥、藩司吳煦和之。一八六一年十一月，杭州合圍，上海局勢更加危急，就由蘇紳錢鼎銘往安徽乞師。曾國藩以所部無可分撥，餉又無從出，頗感為難。錢鼎銘說，上海為蘇、杭及外國財貨所聚，每月可得六十萬兩，許諾以十萬兩相濟。曾國藩大喜過望，準備遣其弟曾國荃前往保全這膏腴之區。

曾國荃志在攻取南京，不願援滬，曾國藩就將這個任務交給他的門生李鴻章。李鴻章是安徽合肥人，進士出身，曾以翰林在本省辦理團練五年，抑鬱不得志，改投曾國藩。經過四年的薰陶歷練，大為曾國藩所賞識，認為他「才大心細，可以獨當一面」。李鴻章所招募的都是淮南的團練，曾國藩為他訂立營制，並將部分湘軍撥歸節制，一八六二年初成軍，稱作「淮勇」或「淮軍」，內定李鴻章為江蘇巡撫。曾國藩一度命他駐紮鎮江。李鴻章以上海「是全省兵餉吏治的樞紐，應該先從那裡布置，然後出京口（鎮江），以應上游」。這個決定不但關係他個人前途，也改變了曾國藩的經略江南計畫。浙江糜爛，杭州失陷，左宗棠無暇顧及蘇、常。李鴻章所部東去，起初當作偏師奇兵，現在卻成了進圖江南的主力。

英、法軍的協防上海，就清軍方面來說，不只保全了一個餉源所繫的通商口岸，而且保有了一個江南反攻基地。一八六二年三月，上海中外會防局僱英國輪船七艘，運李鴻章部來上海，何伯派軍艦護航。四月初，李鴻章率湘、淮混合軍六千五百人，「鼓輪東下，穿賊境千餘里。賊以其行走迅速，又駭怕洋人，都在江邊遙望，不敢近前聞問。」

李鴻章的一生事業，多與外人有關，發跡的開始，就得到外人幫助。到上海才一個月，接任江蘇巡撫，和左宗棠升得一樣快。當時上海戰爭正激烈，湘、淮軍開始參加。李鴻章深切瞭解外人對他的重要性，曲意聯絡，「欲用夷變夏」。他最注意的是西洋軍伍，與何伯商定章程，撥派所部三千人交給英國軍官訓練。因爲「滬防必須自強，洋人不可專恃」，目前迫於時勢，不得不仰仗其力。到了九月，淮軍各營大都已添練洋槍。十一月，全部改用，聘有洋教習。又以「華爾打仗奮勇，有洋人利器，更加全神籠絡，相結一人之心，以聯各國之好」。華爾答應爲他請洋匠製造炮彈，代購槍炮。李鴻章正想學得外人一兩樣好處，對軍事及通商大局都有所裨益。

李鴻章固然是有心人，而他能大量購置新武器，也因爲他有充裕的財源可以支配。以往與外人交往最密而「過趨卑諂」的吳煦、薛煥相繼去職，舊有兵勇也逐步裁編。於是全局在握，實力大增，輔佐他的是馮桂芬、郭嵩燾。

華爾死後，李鴻章從英國提督士迪佛立之請，以白齊文接統常勝軍。一八六二年十月，淮軍與英法軍、常勝軍再占嘉定，太平軍譚紹光全力反攻，爲淮軍、常勝軍擊退，上海附近肅清。這是淮軍的第一次大捷。當時李秀成正圍攻天京城外的湘軍，李鴻章命常勝軍赴援，白齊文藉口欠餉，遷延不行。一八六三年一月，因索餉不遂，毆打楊坊，搶奪四萬元，被李鴻章撤職。常勝軍暫時歸士迪佛立的參謀奧倫（J. Y. Holland）統率，縮編爲三千人，軍心不服。三月，改由英軍少佐戈登（Charles George Gordon）管轄，常勝軍正式歸英人控制。

曾國藩以太平軍「與洋人構釁很深，在洋人有必洩的忿怒，在中國是難得的機會，……乘洋人大舉的時候，我軍也諸道並進，使得該逆應接不暇，八方迷亂，大概是天亡粵匪的時候了」。一八六二年初，他派出三路大軍，一是進規浙江的左宗棠，二是東援上海的李鴻章，第三路是直搗南京的曾國荃，有心讓他建下克復太平天國首都的大功。曾國荃統兵，始於一八五六年，以攻下江西吉安（一八五八）而聲名始著。安慶克復，聲望越高。一八六二年三月，與他的幼弟曾貞幹從安慶率軍夾江而東，國荃循北岸，貞幹循南岸，彭玉麟的水師居中策應。另以多隆阿圖皖北，鮑超圖皖南，做二曾的掩護。四到五月，江北軍克巢縣、和州，江南軍合水師克蕪湖、太平府（當塗），全軍兩萬人，逕攻天京城南雨花台。自出動以來，不過六十餘日。

二曾進軍這麼快，一以英王陳玉成自安慶敗後，實力大喪，又受制於多隆阿；二爲皖南的堵王黃文金、輔王楊輔清，屢敗於鮑超，二曾無後顧之憂；三爲浙西的侍王李世賢被左宗棠所牽，江南的忠王李秀成忙於上海之戰，被英法軍、常勝軍所制，一時不能返師。於是天京三度被圍，屯紮城外的曾軍有水師輸送聯繫，沒有孤軍深入之虞。

李秀成早就料到將來圍困天京的一定是湘軍，主張多買米糧，天王不納，洪氏兄弟又從中操縱，搜括現金；巢湖流域已爲湘軍所有，糧源阻斷。兩年以來，天京不見敵蹤，曾軍突然到來，天王一日三詔，命忠王回援，李秀成不得不中止對上海的攻勢。他認爲曾軍「由上而下，利在水軍，我勞彼逸，水道難爭，其軍常勝，其勢甚雄，不欲與戰，總是解糧多多回京，待二十四個月之後，再與交戰，其兵久必無戰鬥之心」。可是，天王嚴令又至，說「若不遵詔，國法難容」，他只有勉強從命。十月，李秀成的主力列營天京城南，晝夜環攻雨花台，「洋槍洋炮，驟若飛蝗」。李世賢也從浙江前來，開掘地道，炸毀營牆。當時秋疫大作，湘軍幾乎病了一半。曾國荃先固守糧道，拚死不退，好幾次差點遇險。經過四十餘日的劇戰，太平軍糧食不繼，冬衣未備，蕪湖附近擔任截斷曾軍糧道的太平軍又被湘軍水師所敗，二李只好引去。這一仗是湘軍克復安慶後的一場決定性的大戰，曾國藩五內如焚，「心已用爛，膽已驚破」，深怕數年來的辛苦所得毀於一旦，結果竟轉危爲安。洪秀全動員所有可用之兵，終究不能撼動曾軍，太平天國的命運於是決定了。

九、輓歌飄蕩

一八五七年翼王石達開的出走，關係太平天國的命運極大，不只是失去了一位有才能的軍事政治領袖，兵力也因此大爲削弱，安慶附近的駐軍隨他而去的約有六、七萬人，江西省尤其多。估計太平軍的實力損失恐怕在一半左右。一八五九年，石達開從贛東經浙西、福建、贛南，西入湖南，想進入四川，與湘軍劉長佑、李續宜劇戰於寶慶，遭受挫敗，改而南趨廣西。石達開部約二十萬人，以長江流域的人及廣東天地會爲多，寶慶戰敗，軍心渙散，紛紛脫離。進入廣西以後，軍食不給，前途茫茫，士氣更爲沮喪，或折而東走，或相繼敗亡，窮蹙極了。一八六一年，石達開率領殘部約一萬餘人，再入湖南，取道湘、鄂邊地。翌年，進入四川東南境。四川地險民富，爲清軍至要餉源之一。一八五九年，藍大順、李永和起於川、滇之交，北擾岷江流域，直逼成都，據有產鹽地區，聲勢頗大。石達開想與他們聯絡。新任四川總督駱秉章率湘軍先到，藍大順、李永和屢爲所敗，李永和不久戰死。一八六三年，石達開繞道滇邊渡過長江上游，經寧遠（西昌）北趨越巂，爲大渡河所阻，遭到土司與清軍夾擊，陷於絕境。翼王妃五人抱幼子二人投河。石達開正要投河自盡，忽然想到要救部下將士的性命，就寫了一封信給四川總督駱秉章說：

求榮而事二主，忠臣不為；捨命以全三軍，義士必作。大丈夫生既不能開疆報國，奚愛一身；死若可以安民全軍，何惜一死。達聞閣下信義昭著，如能依書附奏清主，宏施大度，胞與為懷，宥我將士，赦免殺戮，則達願一人而自刎，全三軍以投安。然達捨身果得安全吾軍，捐軀猶可對吾主，雖斧鉞之交加，死亦無傷，任身首分裂，義亦無辱。惟是閣下為清大臣，肩蜀巨任，志果推誠納眾，心實以信服人，不畜詐虞，能依請約，即冀飛緘先覆，以免貽誤。否則閣下遲有以待，我軍久駐無糧，昔三千之師，猶足略地爭城，況數萬之眾，豈能束手待斃乎！專此奉聞，不盡欲言。

清將得了石達開的信，假作答應。石達開帶著五歲的兒子石定忠和宰輔曾仕和、黃再忠、普韋成等入清營。清將先把石達開部將士安頓好，用火箭做暗號，乘夜屠殺，把石達開部將二百多員，戰士三千多人全部殺死。石達開被解到成都，慷慨陳詞後，從容就義。

一八六二年初南京城外會戰，李秀成解圍失敗。翌年初，渡江西進，想合陳玉成舊部與捻攻略皖北，以期撼動湘軍大本營所在的安慶，並打通巢湖一帶糧源。結果因所部戰志不揚，無功而退。當時正逢青黃不接，餓死不少。六月，從浦口南渡，又遭到湘軍水陸截擊，損折十萬人，可謂慘敗。南岸太平軍所控制的只剩蘇州、杭州、南京等城。

一八六三年七月，李鴻章的淮軍與常勝軍進向蘇州，戈登、程學啓爲主將，配有大炮輪船，法國人訓練的洋槍隊也參加作戰。白齊文以撤職懷恨，糾合舊部，投蘇州太平軍，但仍然不成功。九月，李秀成從天京回援蘇州，與慕王譚紹光反攻失利，白齊文降於戈登。十一月，太平軍內變，李秀成以事不可爲，出城西去。十二月，納王郜永寬等殺譚紹光以降。程學啓入蘇州，誅郜永寬等。戈登大怒，與李鴻章決裂，聲明不受節制，因爲事前他與郜永寬曾有諒解，更氣憤李鴻章破壞了今後他的瓦解敵人策略。李鴻章部接著攻下無錫，進取常州。太平軍鑑於蘇州殺降，所以堅守困鬥。

一八六四年（同治三年，太平天國甲子十四年）二月，戈登承英國公使卜魯斯之意，再度參戰。卜魯斯對他說，這完全是爲了英國的利益。五月，戈登助淮軍占領常州，戰事已近尾聲，常勝軍遂告解散。四年以來，常勝軍用餉千萬元，對於李鴻章的平定江南助益頗大。浙江左宗棠部，從一八六三年四月起，圍攻富陽，日久不下。九月，德克碑率常捷軍自浙東來會，才行占領。又經六個月的苦戰，翌年三月，杭州太平軍棄城而走，左宗棠部及常捷軍大肆搶掠。同月，李鴻章克嘉興，附近各城均降。

一八六三年冬，南京外圍附廓要地，幾乎全被曾國荃攻占。蘇州失守後，李秀成知道大勢已去，天京無糧，兵力僅萬餘人，勸天王棄城他走，另求出路，此建議的確不失爲上策，可是，洪秀全不聽，還說：

「朕奉上帝聖旨，天兄耶穌聖旨下凡，做萬國獨一眞主，怕什麼！朕鐵桶江山，你不扶，有人扶。你說沒兵，朕的天兵多於水，哪裡怕曾妖？」

命大家以「甘露」（百草）爲食。城內盜賊蜂起，曾軍「日月逼緊，內外驚慌，守營守城，無人可靠」。不少高級人員通敵，甚至涉及李秀成。常州失守後，洪秀全才對一切絕望。一八六四年五月三十日，爲了令大衆安心，竟說：

「朕即上天堂，向天父、天兄領到天兵，保固天京。」

唉！可說是至死不悟，自欺欺人。兩天後，天王服毒自盡，年五十二歲。他的兒子幼主洪天貴福繼位。

圍城湘軍將近五萬，從四月以來，百計環攻，傷亡達十分之一。淮軍既下常州，清廷為早日拔取南京，命李鴻章派炮隊合攻。李鴻章知道曾國藩想讓曾國荃獨成大功，託詞不行。曾國荃也一再申說所缺不在兵而在餉。於是加緊開掘地道。七月十九日（同治三年六月十六日）炸場天京城垣，湘軍突入城內，四處縱火，太平軍聲言，「不留半片給妖（清軍）享用」。三天之內，「賊（太平軍）所焚者十之三，兵所焚者十之七，煙起數十道，屯結空中不散，如夾山絳紫色」。湘軍「貪掠奪，頗亂伍。中軍各勇留營者皆去搜括，甚至各棚廝役皆去，擔貨相屬於道」。等到盡得金銀珍物，再放火滅跡。將領「人人足於財，得十萬以上貲的，大概有幾百個」。「城破以後，精壯長毛除了抵抗時被陣殺以外，其餘死者寥寥……四面縋下老廣匪不知多少。沿街死屍十之九都是老人。不到兩三歲的孩子也被殺著玩，匍匐在路上。四十歲以下的婦女一個都看不見（全被擄了），負傷的老人或者身中十幾刀，或數十刀，哀號聲達於四方」。這些都是曾國藩幕友趙烈文親眼所見，記載下來，總計死者大約二、三十萬。

天京失陷，李秀成帶領飢軍在太平門鏖戰，擋不住數人狂潮一般地洶湧進來。李秀成走到朝門，去保護幼天王。他將自己的戰馬讓給幼天王騎，自己另騎一匹不得力的馬，回家涕泣辭別母親，獨自帶幼天王一人出走，連衝幾處城門都衝不出去。到了三更，李秀成當先衝鋒，帶了幾百人擁護著幼天王從太平門被炸倒的城牆缺口出走。敵兵來追，幼天王得脫，李秀成因爲騎了不得力的馬，趕不上大隊，被衝散落後。後來，李秀成被俘，還想詐降，尋機擁護幼天王，號召革命隊伍。於是寫了一冊自傳，用收清兩岸，防禦洋鬼爲名，並勸曾國藩反滿獨立，目的是希望擴大曾國藩與清廷的矛盾。曾國藩識破他的用心，就在南京把他處決，不敢將他解到北京。李秀成的自傳，也被曾國藩大肆刪改，然後進呈北京政府，刊刻傳布。民國以後，原稿才得以面世，成爲太平天國極有價值的史料。李秀成最得人民愛戴，據說，蘇州和常熟都有人民爲他立了牌坊；民國二十幾年，蘇南農村裡還流傳著當時農民歌頌他的民歌。其中有一首唱說：

毛竹筍，兩頭黃，
農民領袖李忠王。
地主見了他像見閻王，
農民見了他賽過親娘。

又有一首是當李秀成離開蘇州，去救天京時，農民對他的依戀和關懷，他們唱說：

長江裡水向東流，
我伲（們）日夜都發愁，
千愁萬愁不愁別，
愁你一去不回頭！

可是，這麼一個受人愛戴的人物，為了對洪秀全效忠，終究是為太平天國犧牲了。

洪秀全死了，李秀成死了，曾國藩認為幼主一定也死了，而其實幼主已經逃到浙江。左宗棠正想誇大敵勢，江西巡撫沈葆楨為了爭餉的事，與曾國藩早有芥蒂，兩人都是語多譏議。中外又紛傳南京金銀如海，清廷原指望在克城以後，做軍餉賑濟之用，曾國藩則說全無財物。各方議論不止，箭頭指著曾國荃。曾國藩近年唯恐權位太尊，聲望太隆，功高震主，正是憂讒畏譏，於是，告誡曾國荃說，「古來成大功大名的人，除了千載一位郭汾陽（郭子儀）外，總有多少風波，多少災難，談何容易！願與吾弟兢兢業業，各懷臨深履薄的心情，以求免於大戾」。他決心將所部裁撤，曾國荃也撤去浙江巡撫本缺，軍氣憤鬱慘沮。

天京陷落之前，李秀成以江浙無糧，洪秀全又不肯放棄天京，於是改命各軍西入江西，得糧後再回天京，其中以侍王李世賢、康王汪海洋兩軍為大。他們的口號是「與其餓死江南，不如戰死江西」。八月，困守浙江湖州的太平軍為李鴻章、左宗棠及常捷軍擊走，江、浙沒有太平軍蹤跡。幼主與千王洪仁玕等，經皖、浙而西，想會同李世賢進向湖北，合扶王陳得才部。十一月，在贛東被擒。李世賢由贛而粵、而閩，十月占領漳州及閩南諸城。左宗棠、李鴻章派軍前來，一八六五年（同治四年）五月，克復漳州，李世賢為汪海洋所殺。此後汪部出沒閩、粵、贛邊境，據有粵東嘉應，到一八六六年（同治五年）二月被左宗棠軍消滅。

扶王陳得才及遵王賴文光於一八六二年從皖北經河南入陝西，不久東還，以英王陳玉成敗歿，李秀成命其再西去，招兵回救天京。翌年，占陝西漢中。一八六四年分路東下，合捻入湖北，知道南京不守，徘徊於鄂皖之間，為僧格林沁所敗，陳得才自盡，賴文光與捻合流，別創一番新局面。

金田舉事以前，捻在皖北、魯南橫行已久，太平軍占領南京後才擴大起來。太平天國後期的軍事活動，限於長江下游，與兩淮的捻關係極爲密切。陳玉成、李秀成的早期兵力，半數爲捻。一八五八年，捻首李昭壽背叛，對李秀成打擊很重，張洛行等則始終與陳玉成合作。捻的根據地原來在淮河以北，是年進入河南、魯西，雖然志在擄掠，也給太平軍聲援。翌年，分道四出，東到魯中，西到豫西、豫南，飄忽往來，乘虛蹈隙。一八六〇年，西支大掠河南開封，縱橫三十餘州縣；東支入山東，擾濟寧、泰安，所經二十州縣。又折返皖北，途中「夾擁資糧數百車，牲畜數萬，歌呼而行」。

一八六一年，捻尤其活躍，西路爲配合陳玉成的西征，二至五月，一支入河南南部，一支入河南東部、中部，經南陽、鄧州，破湖北老河口，然後返回亳州。九至十一月，再度西來，一支攻開封、鄭州、洛陽，一支攻湖北襄陽、樊城，東路入山東，屢敗自京畿南來的僧格林沁，兩逼濟南。僧軍「疲於奔命，芻糧不繼，士馬疲羸」，只有守黃河，以固直隸。捻長驅而東，進到煙台，被英、法軍擊退。

一八六一至一八六三年，僧格林沁奔波於直隸、山東、河南、安徽四省。皖北太平軍失敗後，捻勢大衰。一八六三年，僧格林沁攻下雉河集，擒張洛行，繼平苗沛霖。張洛行的餘部由其姪梁王張宗禹及魯王任化邦統率，流竄河南境內，後來合遵王賴文光。賴文光工於謀略，張宗禹富有機智，任化邦最為善戰，專採飄忽驅馳的運動戰術。

一八六一年以來，清廷恃黃、淮流域的主帥僧格林沁如長城，與長江流域的曾國藩儼然為兩大柱石，但他們彼此並不十分融洽。僧部為英、法聯軍敗後，拼集成軍，戰鬥力大不如昔，而且毫無紀律，所過殺掠如流，民間極為仇視。一八六四年九至十二月，與捻角逐的就是僧軍，捻屢敗僧軍於豫南、鄂東及鄂豫之間。翌年一月，又大敗於豫西魯山。三月，捻疾走魯、蘇之交，僧窮追不捨。五月十八日，全軍在山東曹州覆沒。捻本以行動敏捷取勝，每戰先以遊騎四出，「偵官軍至，避走如不及。或窮追晝夜，乃返旗猛戰，以勁騎分兩翼抄官軍，馬呶人讙，剽疾如風雨，官軍往往陷圍不得出。」現在盡得僧軍的蒙古馬匹，如虎得翼。

僧格林沁敗死，華北震動，京師戒嚴。同治詔命曾國藩督辦直、魯、豫三省軍務，又命直隸總督劉長佑、天津通商大臣崇厚統洋槍隊，扼守直隸南境，李鴻章也從上海派軍由海道增防天津。曾國藩以所部湘軍多為南人，不宜於北，而且半數解散，須添募黃、淮一帶兵勇，增購戰馬，置備炮船，月餘後才行北上。他的戰略，第一改追擊爲堵剿，以靜制動，分置四鎮，於河南周家口、山東濟寧、江蘇徐州、安徽臨淮關，各駐重兵，多儲糧械，一處有急，三處往援，將捻包圍在蘇、豫、皖邊區。第二爲控制捻的根據地，於亳州、蒙城、宿州及有捻地區，修築墟寨，清查戶口，實行保甲連坐法，以拔除捻的來源，並絕其物資。四鎮兵力約八萬，三鎮由淮軍分任，接近南方的臨淮關歸湘軍負責，原因是淮軍多爲北人，習慣適宜。

捻於殲滅僧格林沁軍後，折回淮北，補充休息。爲了突破湘軍、淮軍的大包圍，穿越河南，進入湖北，逼近武漢。一八六六年春，復入山東。曾國藩以四鎮圍堵無效。改採堤牆防河辦法，北自開封附近的朱仙鎮，南至周家口，守賈魯河，朱仙鎮至開封挖河築牆以守，周家口至安徽槐店以迄正陽關，守沙河，這是西線。自正陽關東至臨河關，守淮河，這是南線。東線守運河，北線爲黃河，將捻逼於山多田多的豫南、鄂北，以制其馬隊。是年秋，捻突破開封、朱仙鎮間的堤牆，東走山東，曾國藩的河防戰略又告失敗。他也知道河防實在難能周密，但以官軍馬隊遠不及捻，專恃步隊追擊，斷不能制，不得不出此下策。捻雖然突破河防西線，但被東線運河所阻，返回豫東。

三年以來，捻屢戰屢捷，賴文光終感獨力難支，孤立難久，命張宗禹進陝、甘，聯合回衆，以為犄角，自己和任化邦留在中原，因此有西捻、東捻之稱。曾國藩以督師年餘無效，又為言官所劾，奏請開缺。詔以李鴻章代為欽差大臣。賴文光率領東捻，再入湖北，一八六七年一到三月，屢敗湘軍、淮軍於鄂東。曾國藩時代，對於淮軍的指揮已感困難，李鴻章繼任，湘、淮軍意見越深。六月，東捻於八日之間，從湖北疾入山東，破運河堤牆，走膠東。李鴻章改守膠萊河，東捻反撲不利，精銳大喪。次年一月，賴文光被俘，東捻平。

西捻張宗禹，入陝西以後，大破清軍於西安附近。因為受到湘軍劉松山及新任陝甘總督左宗棠的壓迫，北走陝北。聯合回衆不成，東渡黃河，入山西、直隸，謀援東捻。一八六八年二月，逼近保定，北京為之震撼。捻「以走自活」，亦以走疲官兵。官兵十餘萬人，不能遏其竄越，各將領彼此觀望，縱勇擾民，「民仇兵甚於仇賊」。而且號令不一，直隸各軍統於左宗棠，左宗棠之外還有兩位欽差大臣，山東各軍統於李鴻章，李鴻章以外還有兩位巡撫，李鴻章、左宗棠之間又不協和。捻一度進到天津城外，隨即南走山東，屢次撲攻運河。七月，連日大雨，直、魯之交成為澤國，捻騎不能奔馳，被淮軍圍困於山東西北境。張宗禹投河而死，西捻平。

從一八六四到一八六八年，捻馳騁於安徽、河南、山東、江蘇、湖北、陝西、山西、直隸八省，傾湘、淮軍及數省兵勇之力，才予蕩平，這固然是由於捻的善戰，主要還是官軍暮氣太重。淮軍是剿捻的主力，驕逸也是各軍之冠，依恃的其實只是西洋槍炮。捻亂平，太平軍才算全部消滅，計自廣西舉事以來，首尾十九年。

【下 篇】

是非爭議

一、開棺驗屍

洪秀全與馮雲山於一八四四年初入廣西，開始從事革命活動，短短幾年間建立了廣大的群衆基礎。一八五〇年，在金田正式舉事。翌年占領了第一座城池永安州，一八五二年出湖南，攻長沙受阻。一八五三年初，攻占武漢三鎮以後，順江東下，勢如破竹，所向披靡，三月攻占了南京，才在這裡定都下來。

此後，李開芳、林鳳祥的北伐軍繼續直前衝擊，五個月經行四千里，攻到天京附近，迫使北京戒嚴。然而終以輕兵猛進，補給困難，又不能與援軍會合，到一八五五年就全部消滅。西征軍在一路奏捷之後，遭遇到新起的勁敵——湘軍，因而漸漸敗退。翼王石達開率領主力軍西征，戰略成功，節節逼近，湘軍有敗滅之危。然而，爲了解天京之圍，石達開擱下長江上游的軍事，合撲江南大營。不久，天京解圍，江南大營潰敗。在這勝利聲中，天京卻發生了一連串的內變，使得元氣大傷，武漢、九江也相繼失守。

同時，曾國藩得到統籌規畫的機會，堅持攻取安慶、建瓴而下的戰略，太平軍陳玉成、李秀成幾次赴援，終於不能保住安慶。李秀成轉戰江、浙，也不能完全得手。於是，曾國荃順江而下攻南京，李鴻章由上海取蘇、常，左宗棠規復浙江，太平軍遂陷入絕境。

一八六四年，天王洪秀全首先自殺。天京城破，李秀成被俘，幼主洪天貴福不久也被擒。一部分太平軍南竄江西、廣東、福建。後來被左宗棠消滅。另一支賴文光部，與捻合流，一八六八年被剿平。至此，太平軍全部被肅清，太平天國成爲風中塵埃，留待後人憑弔。

太平天國忠王李秀成在被捕後的供狀（李秀成自傳原稿）中，曾開列天朝的失誤有十條，頗中要害：

一、誤國之首，東王令李開芳、林鳳祥掃北敗亡之大誤。

二、誤因李開芳、林鳳祥掃北兵敗後，調丞相曾立昌、陳仕保、許十八去救，到臨清州之敗。

三、誤因曾立昌等由臨清敗回，未能救李開芳、林鳳祥，封燕王秦日綱復帶兵去救，兵到舒城楊家店敗回。

四、誤不應發林紹璋去湘潭，此時林紹璋在湘潭全軍敗盡。

五、誤因東王、北王兩家相殺，此是大誤。

六、誤翼王與主不和，君臣相忌，翼起猜心，將合朝好文武將兵帶去，此誤至大。

六、誤主不信外臣，用其長兄次兄爲輔，此人未有才情，不能保國而誤。

七、誤主不問政事。

八、誤封王太多，此之大誤。

九、誤國不用賢才。

十、誤不應專保天京，扯動各處兵馬，立政無章，誤國誤命者，因十誤之由而起，而性命無涯。

奇怪的是第六有兩條，試究其意，或許是爲了湊成「十誤」的整數，或許因爲這兩條根本是同一回事，互爲因果。在李秀成所列舉的天朝十誤中，除了二、三、四條敗仗責任有待商榷外，其他幾條都能說中太平天國的致命傷。

研究太平天國極深的近代史家郭廷以認爲北伐失敗的原因，一由於兵力不足，且爲步卒，不利於平原戰，難敵僧格林沁的蒙古馬隊。二因南北語言隔閡，北人性較持重，附和者不多，不似在兩湖之時，從者動以萬計。

郭廷以並且爲洪秀全、楊秀清未能動員大軍北伐，設想了三個原因：原因之一，可能是以爲清的重兵已在長江下游受到牽制，但以輕兵疾進，即可襲取燕都。原因之二，可能是天京城外有向榮的江南大營，揚州附近有琦善的江北大營，須留軍防衛。原因之三，可能是楊秀清預存一如不成事，仍可據有黃河以南的想法。

不論如何，北伐的兵力不夠強大（一說三千人，一說兩萬人），雖然一度震撼清廷，迫得北京戒嚴，最後畢竟被殲滅，平白浪費了一支軍力。後來所派的援軍，也始終不能與南退的北伐軍會合，終於不得保全。以後太平軍未能再越黃河，清的根基得保。

南王馮雲山、西王蕭朝貴的先後戰死，當然是太平天國的重大損失。而一八五六年的諸王內訌，一八五七年石達開率大軍出走，更使太平天國元氣大傷。李秀成說東王、北王相殺是「大誤」；翼王「將合朝好文武將兵帶去，此誤至大」，幾乎是一般史家都已接受的定論。就連太平天國的對手也笑洪秀全殺東王是自毀長城。翼王石達開雖然是太平天國最傑出的政治、軍事人才，自從率大軍出走，失了根據地，原來屢次說他「最悍」、「最譎」的曾國藩，就不把他放在眼裡，只當作一般的流賊看待，並且認為容易對付。後來，石達開的部隊果然漸漸潰散，終於兵敗被俘。我們無法猜測：如果石達開留下，會被猜忌、排擠到什麼地步？石達開能不能消弭洪秀全這份猜忌？願不願意像李秀成死命效那愚忠？而歷史明白告訴我們的只是：石達開率部出走確實大大削弱了太平天國的實力。

經過天京的內訌，洪秀全偏賴他的親族寵信，任其胡亂作為，上下離心。李秀成勸他「擇才而用，定制恤民，申嚴法令，肅正朝綱，依古制而惠四方，求至禮而恤下，輕世人糧稅，仍重用翼王」，終不見聽。洪仁玕雖有才識，但乏功勳，到天京不滿半月，封為軍師、干王，要求大家歸他節制，難免心有不服。曾國藩的幕僚趙烈文曾說，自洪仁玕執政，「諸宿將多不服，賊勢之衰，蓋由於此」。一八六一年，洪仁玕以援安慶失敗革職，朝政復歸洪仁發、洪仁達。李秀成見政情日壞，幾次硬著頭皮上奏，可是「天王不從，越奏越怒」，甚至說：

「政事不與你相干，王次兄勇王（即福王洪仁達）執掌，幼西王出令，有不遵西王令者，合朝誅之。」

幼西王就是蕭朝貴的兒子蕭有和，天王之甥，他只是一個十幾歲的黃口孺子。在這種情況下，太平天國能有什麼希望。

濫封爵賞是太平天國的另一致命傷，這也是李秀成所說亡國大誤之一。早期除了東、西、南、北、翼王以及燕王（秦日綱）、豫王（胡以晃）外，沒有其他王號。天京內訌後，洪氏兄弟首先封王，其次是陳玉成、李秀成，到一八六一年前期，仍然只有十人左右。此後越封越濫，竟然多達二千七百餘人。追究原因，一方面出於猜忌，採衆建政策，以分削宿將實力，李秀成的大將陳坤書之封護王，就是一個明顯例子。另一方面想藉名號收買臣屬，但事姑息，不明賞罰。這個後果，許多人都看得很清楚，也說得很明白。

強有力者互不相上下，「各守疆土，招兵固寵」，不顧根本，這是洪仁玕的批評。「黨羽無定數，酋長無定謀……僞王……不甚服僞天王、忠王之調度，各爭雄長，苦樂不均，敗不相救」，「此王所踞之地，常爲彼王劫掠」，這是曾國藩的批評。李鴻章也認爲「增封多王，內亂猜忌，越散漫不可制」，左宗棠也有「賊中僞王……彼此猜忌，勢不相下」的看法。

至於其他爵職也大量增加。一八五七至一八五八年之間，新設義、安、福、燕、豫等爵號，「不及一年，舉朝內外，皆義、皆安」。洪仁玕曾感慨地說，大家「動以升遷爲榮，幾乎是一歲九遷還嫌太慢，一日三遷還覺不夠」，如果「再隱忍姑息，我輩無生理」。主將起初只有數人，後來至少數百。天將、朝將、佐將，更是不可勝數。一八六一年，有一位到過南京的英國人說，天京幾乎全是公職人員，均爲消費者，也是破壞者。

以上所說，大致不出李秀成所開列亡國十誤的範圍。郭廷以認爲，太平軍的宗教信仰、政治、經濟、社會政策與措施，無論反對者斥其如何怪誕詭譎，當清廷失去控制，人心思變的時候，確能收到一時煽惑脅制的效果。而其初期上下一心，甘苦相共，領導人正當少壯之年（金田起事時，洪秀全三十七歲，馮雲山年與相若，楊秀清、蕭朝貴、韋昌輝都在三十歲上下，石達開約二十歲，秦日綱二十餘，胡以晃三十餘），朝氣蓬勃，大有可爲。中期以後，一切全非，終至敗亡。外在的情勢轉變，固然有關，而根本原因則在於自身的日趨腐敗、惡化，喪失了淬礪奮揚之氣。因此，在前述幾項之外，郭廷以另外找出幾個原因來解釋太平軍的走向窮途末路。

首先，郭廷以認爲，宗教對於太平天國的創建確實有極大作用，但也受了宗教之累。宗教爲洪秀全羅致了不少狂熱的信徒，使之不惜犧牲一切以從，也因此激起衛護名教者的反抗，招來了勢不兩立的勁敵。他原來是假宗教以愚人，沒想到竟然作法自斃。在前期，有天王下凡之說，結果演成自相殘殺；在後期，他仍強調諸事均有天父、天兄做主擔當，太平一統，即將到來。但何以久久未能實現、屢屢喪師失地？不單是一般人不再盲從，甚而那些高級將領的信心也發生動搖。而他本人似乎反而陷溺越深，極力使自己神化，一心依賴神力，忽視現實，失去理智，無異自愚。李秀成曾反覆進言。一八六〇年，再破江南大營之後，洪秀全「格外不由人奏，俱信天靈」，一味靠天，不肯信人。安慶行將不守的時候，李秀成勸他預防湘軍來圍天京，反而大受斥責，說是「爾怕死，朕天生眞命主，不用兵而定太平一統」，「殘妖易滅，功勳易成」。但太平軍的日暮途窮，卻是顯然的事實，自欺而不能欺人。在如此領導下的軍政，還能有什麼希望？

後期太平軍紀律的惡劣，是無可否認的事實。號稱治軍嚴明的李秀成，也不能約束所部。一八六〇年，江寧李圭被擄，年餘後逃出，著有《思痛記》，記事還算持平。據說，是年江蘇丹陽被李秀成占領後：

「殺戮之殘，蹂躪之酷，無日無之……弱者存活，十不二三……行此事者，大抵湘、鄂、皖、贛等籍人，或流氓地痞，裹附於賊，或戰敗而降賊者。其眞正粵賊，則反覺慈祥愷悌，不至於那麼殘忍。」

「賊亦令禁止騷擾百姓及劫掠衣物等……但賊衆奉行者少，而以清軍之降附者尤爲凶殘貪暴。」

又據《江西・安縣志》：

「癸丑（一八五三）賊至，所擾惟典鋪大衆爲甚。乙卯（一八五五）再至，只是仇視官紳，苛勒殷富以售其黠，淫掠焚殺還不太甚。至辛酉（一八六一）逆酋李秀成到，才算大禍臨頭，分擾各屬，放手焚殺，恣意淫掠，各鄉勇男婦死者不下數千人，所過成焦土。」

浙江是太平天國晚期的主要轄區，兵戈連年不休。太平軍到後，人民流離逃亡，田畝荒蕪，耕種者不過十之二三，粟、麥、油、鹽，搜索一空。加上釐捐局卡林立，抽剝重重，以致商賈斷絕，百貨騰貴。曾國藩說，以往百姓不待脅迫，「甘心從逆，樂爲賊用，今則民聞賊至，痛憾椎心」，因爲：

「粵匪初興，粗有條理……今則男婦逃避，煙火斷絕，耕者無顆粒之收，相率棄業。賊行無民之境，猶魚行無水之地；賊居不耕之鄉，猶鳥居無土之山，實處必窮之道，豈有久理？」

「昔年粵匪所至，築壘如城，握壕如川，堅深無匹，近亦日就草率。」

亦有人說晚期太平軍缺乏戰意，惟以燒殺破壞爲事。

紀綱隳壞，民心不附，當然是太平天國失敗的重要原因。李秀成就曾沈痛地指出：

「我天國之壞者，一是李昭壽，二是招得張洛行，三是招來廣東這幫兵（天地會）害起，惹我天朝心變……前起義到此，並未有害民之事，天下可知，害民者，實是這等人害也。」

李秀成與捻及花旗（天地會）合作最久，所部天地會最衆，這是經驗之談。李秀成、李世賢的直接統治區，情況最稱良好，頗具條理，農民之田，以實種爲準，五畝以下，免徵租捐。缺乏資金的商人，可以向官請領本錢，或發給貨品，作定價格，售後還七成，留三成以供轉運，或定期還本，不取利息。蘇州、杭州一帶，市肆貿易如常。不過，除了二李治下，大概難得見到這種情形。

此外，郭廷以還提出，糧食始終是太平軍的大問題，占有南京的第二年，已有匱乏之勢，晚期許多城池皆因此而不守。而有權勢的各王仍過著奢靡生活，大治府第庭園，競尚豪華，李秀成也不例外。南京下關的英國副領事福禮賜（R. J. Forrest）說，修建天京忠王府的工匠一千餘人，壯麗僅次於天王府。王冠爲金製，鑲以珠寶。李鴻章說蘇州的忠王府由七百人修造，三年尚未竟工，已經是瓊樓玉宇，曲欄洞房，如神仙窟宅，花園三四所，戲台兩三座，爲李鴻章生平所未見之境。浙江嘉興陳炳文的聽王府，磚瓦木石都取之鄉鎮，用費出自田捐。江蘇金壇李世賢的侍王府，一座宮殿可容千人。

一位英國人說，南京沒有絲毫興盛氣象，絕不爲人民設想，專恃劫掠爲生，而又十分腐化，吸食鴉片及飲酒、賭博之風盛行。執掌朝政的蒙得恩，就是一個煙癮極大的人。據英國人說，在一八五八年，南京吸食鴉片的，已占三分之一人口。

同樣研究太平天國頗深的羅爾綱認爲，太平天國革命的性質是貧農革命，並且從兩方面看出太平天國不得不終歸失敗。羅爾綱所謂貧農，不但指農村裡的農夫，也包括從農村流離出來的困苦人民。他說，從歷史來看，中國歷來的貧農革命從來沒有一次得到成功：

「因爲貧農革命所表現的色彩有兩種特點：一、異端的信仰；二、爲本身求福利。這兩種色彩，都是與士大夫社會勢不兩立的。而士大夫社會自秦漢以來就奠定了深固的奠基石，貧農革命雖然狂飆似地興起於一時，但是終於推翻不了這個士大夫統治的社會勢力……劉漢朱明都是向士大夫社會投降，把貧農革命的色彩轉變了，把貧農革命的目的拋棄了，然後才得建立新王朝的。這便是昭然若揭的明證。」

洪秀全的太平天國革命運動就表現出這兩種特色，勇猛銳進，但是：

「舊社會的勢力還是這麼堅固，洪秀全的群衆卻是那落後的農民，而洪秀全等出自貧農之家的人，所受的教育又遠不如在士大夫社會所受的完備，因爲所受的教育程度不同，洪秀全等的智略自稍遜於曾國藩、李鴻章那班在士大夫社會裡受有高深教育薰陶的人物那麼高明！」

羅爾綱並引用清人王闓運的話說：

「洪寇勢大，非稍用智略不定。今之曾李，少勝洪陳，因收其功，亦非天幸。後之論者，未識幾人如此？」

就像東漢皇甫嵩、朱儁所以破滅黃巾；曾國藩、李鴻章所以能夠剿平太平軍，是因爲智略稍稍勝過洪秀全、陳玉成，並非僥倖。

羅爾綱認爲，從太平天國革命運動的本身錯誤上，也可以看出兩個最大的敗因：一是政治組織中封建制度的殘留，二是領袖的腐化及其內訌。太平軍在起事之初，占領永安的時候，便已定下世襲的制度。同時，並頒布稱謂詔令，嚴定上下等級的稱呼：

「因爲太平天國的隊伍是農村群衆，農人的思想是落後的、反動的，中國封建社會的制度雖早已過去，但封妻蔭子的封建思想卻還深深保留在農人的意識中。洪秀全、楊秀清諸人的思想，就不曾超出這種封建制度下的裂土分封稱王世襲的幻夢，他們要利用群眾，更不得不適應群眾的要求。爲了這樣，革命便不能朝著那一定的方向發展，而終不得不歸於失敗。」

「何況這種封建爵賞在開國初期的時候，雖然還依功授與，頗協眾論，使群眾樂於效死，但到後來，卻往往不免於濫竽，或輕於施與，並無定制。」

這和李秀成所說的「誤封王太多」，郭廷以所謂「濫封爵賞」同指了。至於太平天國領袖的腐化及其內訌，前面已談過，不須多提。不過，羅爾綱說：

「楊韋內訌以前，群眾是團結的，是萬眾一心的。楊韋內訌以後，群眾才開始解體。楊韋內訌起於咸豐六年七月，是年十一月江西方面的太平軍便有降清的事件發生。」

這點倒値得注意。這次降清的是李能通，因爲袁州援盡食絕。據駱秉章說，這是第一次發生太平軍獻城乞命的事。跟著，一八五八年（咸豐八年），李昭壽獻滁州。一八五九年，薛之元獻江浦。同年，名將韋俊獻池州。著名將領很多投到清軍去。及到末年，除了少數的廣西隊伍外，其餘大多數的兩湖三江的群眾，都聞風投降清軍。

李鴻章〈復曾沅浦方伯書〉說：

敝鄉人陷在忠黨（忠王李秀成部）最多，來歸者相望於路。謂賊情人人欲散，忠逆（李秀成）亦不自持。

〈上曾相書〉說：

平、乍嘉興之賊，紛紛說降。

〈復吳仲僊漕帥書〉論李秀成蘇州失敗後的軍情又說：

所部多兩湖三江，各有攜志。

這種土崩瓦解的覆滅，其實早已起於楊韋內訌之日。據「李秀成供狀」所記，當日人心都各有散意，如果不是清軍將帥對太平軍中的廣西人特別施以屠殺，群衆早已解散了。

錢穆先生論太平天國，則認爲洪楊之亂：

在官逼民變的實況下，回憶到民族的舊恨，這是清中葉以後變亂的共通現象。饑荒可以促動農民，卻不能把農民組織起來，要臨時組織農民，便常賴於宗教。

為要在短期唱亂而臨時興起的宗教，絕無好內容。這是農民革命自身一個致命傷。

洪楊起事的第一因，在其有一種宗教性之煽惑，而將來所以招惹各方面反對，限制其成功，而逼到失敗路上去的，便是這一種宗教。

此處，關於宗教對太平天國所起的正負兩面作用，錢先生和郭廷以的看法相同。

然而他們已與乾嘉以來屢次的變亂不同，他們能在中國近代史上留下一更大的影響，正因他們能明白揭舉出種族革命的旗號。

錢先生非常重視太平天國標舉的種族革命，認爲「當時洪楊提出種族觀念，實爲制勝清政府一個最有利之口號」。雖然提出這一個有利的口號，但也掩蓋不住他們的弱點：

惟洪楊之起，以乎只可謂利用此種民間心理，而非純由此發動。所以雖在美法革命之後，洪楊諸人依然不脫以前帝王思想之舊習。他們只知援用西方耶教粗跡牢籠農民，卻沒有根據西方民主精神來創造新基。

這又和羅爾綱所謂「政制組織中封建制度的殘留」有相通之處了。錢先生也認爲「洪楊初起，其治軍有規畫、有組織」。但是：

及到達金陵，即已志驕氣盛，不能再有所改進，乃即以軍職為民司。又踞長江之險，而徒恃掠奪民船，不再精錬水軍，宜其致敗也。

在政治上也有幾點比較純樸的理想，如天朝田畝制度等，並且禁纏足，禁買賣奴婢，禁娼妓、禁養妾、禁吸鴉片。「他們有一部分確是代表著農民素樸的要求」。然而一到南京，便禁不住內訌起來。東王、北王相繼被殺，洪秀全乃專用安福二王，自此衆情離叛，翼王一去不返。「洪楊之敗，已定於此時」。而且：

「洪楊的耶教宣傳（並非眞耶教）激起了一輩傳統的讀書人之反感。洪楊的騷擾政策，惹起了一輩安居樂業的農民之敵意。曾國藩的湘軍即由此而起。」

錢先生認爲：

「粵軍的領導，對於本國文化，既少瞭解，對於外來文化，亦無領略。他們的力量，一時或夠推翻滿清政權，而不能搖撼中國社會所固有的道德信仰以及風俗習慣。這是洪楊失敗最主要的原因。」

「而且洪楊最先利用以愚民的旗幟，他們並未悟到早已向全民族傳統文化樹敵。」

軍事行動又沒有一個預定的全盤計畫。湘軍則起始就有蕩平天下的抱負，用兵始終牢守一個計畫，按步推進。

「曾國藩雖在軍中，隱然以一身任天下之重。網羅人才，提倡風氣，注意學術文化，而幕府賓僚之盛，冠絕一時。」

太平軍則自內訌以後，天王惟用兄弟戚屬爲親信，文治制度不上軌道，也不能搜羅原來團體以外的人才（連錢江、王韜都不能用），卻妄想以天父天兄欺妄愚民，又怎能不敗。最後，錢先生說：

「明太祖所以能成事，一因元朝不能用漢人；一因明太祖自己極開明，能用劉基、宋濂等像樣人物。洪秀全所以不成，一因清朝尚知利用漢人，不易推倒；一因自己太昏愚，始終不脫江湖草莽意味。因此他們雖揭舉了民族革命的大旗，終因領袖人物之不夠標格而不能成功。」

《清史稿．洪秀全列傳》論說：

（洪）秀全以匹夫倡革命，改元易服，建號定都，立國逾十餘年，用兵至十餘省，南北交爭，隱然敵國。當時竭天下之力，始克平之，而元氣遂已傷矣。中國危亡，實兆於此。成則王，敗則寇，故不必以一時之是非論定焉。唯初起必託言上帝，設會傳教，假「天父」之號，應「紅羊」之讖，名不正則言不順，世多疑之；而攻城掠地，殺戮太過，又嚴種族之見，人心不屬。此其所以敗歟？

說中國危亡兆於太平天國；成則爲王，敗則爲寇，不必以一時的是非來論定，言下頗爲中肯。說假託神祕宗教，引起世人疑慮；攻掠殺戮太過，使得人心不屬，這些是太平天國的敗因，也大致不差。至於說太平天國堅持種族主義，因而失去人心的歸附，這就是很奇怪的論調了。或許，《清史稿》的編修者自認爲清代遺民，不得不申斥太平天國的過分強調種族主義罷。

近來論洪秀全與太平天國的人很多，但清人或以立場敵對，或以帝制高壓，立論往往不能持平；清末革命情緒高張，又趨向另一極端，可取的並不多。因此，這裡以李秀成代表太平天國內部本身的反省、批判，酌取一些當時人士較持平的意見，並以《清史稿》代表清人的立場。三位史學名家中，郭廷以頗具科學史觀，極爲尊重史料，常能就事論事，立論嚴謹；羅爾綱從階級差別著眼，試圖以歷史規律來解釋太平天國的成敗；錢穆則強調民族與文化的立場，注重通觀精神，求其神髓，不斤斤於細枝末節。三位史家正好代表了當代中國史學界的三大流派，截長補短，互相啓發，應該可以讓我們對太平天國革命的性質與敗因有個較完整的印象。

二、陰魂不散

太平天國敗滅了。這一場大革命，時間長達十九年，戰區蔓延全中國本部各行省。所以，大亂之後，在軍制、政治、社會、財政各方面以及後來的文化運動和革命運動，都有相當的影響。談洪秀全，不能不提太平天國；談太平天國，不能忽視它在中國近代史上的重大影響。這一章就來看太平天國是如何地陰魂不散。

太平天國革命第一個重大的影響是軍制。第二章「迷途羔羊」中已經說過，在太平天國以前，清代的軍制是八旗與綠營，但八旗入關不久便沒落了，到太平軍舉事，綠營的戰鬥力也已顯然不可用，於是有湘軍的興起。湘軍出動後，太平軍才第一次遇到強敵。一八五六年，湘軍再克武昌，聲威震動中外。清廷對湘軍雖然有所顧忌，終究不得不寄湘軍以平定大亂的責任。

綜計太平天國之役，湘軍所至，如王鑫、劉騰鴻、蕭啓江、蔣益澧的征戰湖北、江西、廣西、廣東等省，如李續賓、李續宜的轉戰皖北，如張運蘭、唐義訓的轉戰皖南，如曾國荃的克復安慶、南京，如左宗棠的用湘軍平浙江，東南各省莫不有湘軍的旌旗。西南諸道則有蕭啓江率師入蜀，而劉蓉屢平蜀亂，劉岳昭暨諸湘軍又自蜀而南入黔，西入滇。後來陳湜防守山西，劉松山追逐捻匪於河南、山東、直隸，遠征陝西、甘肅，湘軍甚且到了西北諸道。一軍之衆，征伐遍於十幾行省。

至於繼湘軍而起的淮軍，本由曾國藩手創，營制一依湘軍，即使當時湘淮軍外其他勇營，也紛紛索取湘軍營制，仿照湘軍的組織。所以到太平天國覆滅及捻亂平定後，由湘淮軍改編成的「防軍」便代替了綠營。《清史稿．兵志》記防軍的起源：

防軍起初都是招募，在八旗綠營以外別自成營，兵數多寡不定，分布郡縣，遇有寇警則隸於專征將帥，二百年間，調發徵戍咸出於此。如乾隆年台灣之役，乾嘉年間黔楚征苗之役，嘉慶間川陝教匪之役，道光年洋艘征撫之役，都是暫募勇營，事平隨即撤銷。所以嘉慶七年，楚北初設提督，就以勇丁充補標兵，道光十七年以練勇隸於鎮筸鎮標。二十三年以防守海疆的水陸義勇三萬六千人仍遣回本籍，因為沒有防練軍的名目。

道光咸豐年間，粵匪事起，各省紛紛招募勇丁自衛。張國樑募潮州勇丁最多。咸豐二年，命曾國藩治湖南練勇，定湘軍營哨之制，是防軍營制所仿的範例。迨國藩奉命東征，湘勇外又有淮勇，多達二百營，左宗棠平定西陲，所部楚軍也有百數十營。軍事甫定，各省險要，都以勇營留防，舊日綠營，於是形同虛設。綠營兵月餉不到防營的四分之一，升擢壅滯，紛紛辭兵就勇。粵捻既平，左宗棠諸臣建議，防營確實是勁旅，有事則兵不如勇，無事則分汛巡守，宜以制兵為練兵，而於直隸江淮南北扼要的地方，留勇營屯駐，遂有防軍的名稱。

不但防軍爲湘淮軍的轉變，即所謂「練軍」，雖在綠營內選擇訓練，而其營哨餉章悉準湘淮軍制，與防營同。其屯聚以散爲整，重在防守要地，其作用也與防軍同，而與綠營分布列郡汛地的防守制度異。所以練軍即是防軍，也就是從湘淮軍轉變而來。《清史稿・兵志》記練軍的起源：

練軍始自咸豐年間，以勇營日漸增多，屢次下令統兵大臣以勇補兵額，而以餘勇備緩急，還沒有別練的軍隊。到同治元年，才令各疆吏以練勇人數口糧全部報部稽核。是年於天津創練洋槍隊。二年以直隸額兵斟酌改為練軍。四年兵部戶部諸臣會議選練直隸六軍，才定下練軍的名稱。各省練軍才接踵建立。

練軍雖然在額設制兵內選擇，而營哨餉章都依湘淮軍制，與防營相同。綠營制兵分布列郡汛地，練軍則屯聚在通都重鎮，簡器械，勤訓練，以散為整，重在屯防要地，作用也與防軍相同。所以練軍也等於防軍。

自同治以後，綠營兵屢加裁汰，綠營制度形同虛設，國家衛戍之責遂專屬於防練軍。後來防練軍雖然改爲巡防隊又再改爲陸軍，而要其源都從湘淮軍這一個系統演變下來。所以論有清一代的軍制，當以湘軍爲轉變的關鍵。

湘軍既代替了綠營，湘軍的制度亦代替了綠營的制度，清代的兵制便起了根本的改革，結果造成後來軍閥勢力的起源。綠營制度的特點是官皆選補，兵皆土著。在這個制度下，兵非弁所自招，弁非將之親信，指揮作戰困難，但也不會成爲私人勢力。曾國藩編練湘軍，首先針對綠營的制度，加以根本改革。所以湘軍的制度，兵勇皆營官所自招，營官皆將之親信，「將卒親睦，各護其長，其將死其軍散，其將存其軍完」。湘軍所以終能收平定太平天國的大功，其軍制便於指揮訓練，能用人死力，實在是最大原因。但是，這個軍制卻容易造成私人軍隊的形成。這種傾向，從湘軍還不很看得出來，因爲湘軍初起諸傑，如羅澤南、王鑫、李續賓、楊岳斌諸人，都自負才氣，羅、王、李、楊諸人與曾國藩的關係，和後來的所謂大帥之與統領營官頗有一同，他們之間只以道義相維繫，可去可留，所以羅、王、李、楊諸人都各有自樹一幟的志願，不完全以曾國藩馬首是瞻。

而淮軍就不一樣了。李鴻章以大帥統轄淮軍，與湘軍初起時的曾國藩以一個無權無勢的在籍侍郎只以道義相召，常居客寄地往來指揮湘軍的情形不同；而淮軍諸將領與羅、王、李、楊諸人既有分別，他們所處的地位，也與羅、王、李、楊諸人不同，所以淮軍諸將，都沒有自闢乾坤之志，只在李鴻章腳下盤旋。因此，在李鴻章時代，李鴻章所統的淮軍幾乎可以說是他一人的勢力。以曾國藩的威望，而且是淮軍的創立者，剿捻之役，他統轄淮軍還不能指揮如意，而不得不乞求李鴻章兄弟出來督率。他懇求李鴻章說：

「區區微忱，非強賢昆仲以所難，實見捻匪非淮勇不能滅，淮勇非家君不能督率。」

仔細推敲曾國藩的話，可見淮軍在興起初期，就已經成爲私人軍隊。後來李鴻章老死，袁世凱承繼他的勢力，終於結束滿清的帝祚。所以論北洋系勢力的起源，以及民國以後，軍閥割據局面的由來，實以湘軍對綠營軍制的改革爲起點，而湘軍之興，則由於太平天國戰役的時勢所造成。

太平天國在政治方面，有兩種重大影響：一爲從滿人統治的政權轉移到漢人手裡。二是從中央集權漸轉到地方分權。

在太平天國興起以前，清廷將相要職，漢人從無居其位者，中國的政權完全掌握在滿人手中。到了金田舉事，滿人無法應付，清廷才不得不以平亂之責寄於漢人。同治初元，曾國藩總督兩江，管轄四省，長江三千里幾乎沒有一艘船不是張著曾氏的旗幟，四省釐金，絡繹輸送，各處兵將，一呼百諾，東南財賦之區盡歸曾國藩一人掌握。當時湘軍一系人物，「苟能軍無不將帥者，苟能事無不軒冕者」。繼起的淮軍，勢力也差不多可與相埒。所以太平天國平定後，封疆大吏固然是漢人居其大半，即使中央樞府，自沈桂芬入掌軍機，開漢人執政的先例，後來李鴻藻、翁同龢、孫毓汶、徐同儀相繼任之，中央實權也歸漢人掌握。於是從前滿人統治的局面，便換了漢人統治的局面。

中央集權的政制，自宋明以來已經很鞏固。清繼前代，中央政府的權力，較宋明更重。這種局面，經過太平天國之役也轉變了。

一八六〇年，江南大營再潰，江浙郡縣相繼陷落，江南糜爛日甚。次年，戶科掌印給事中林之望奏請「以曾國藩經略三江兩湖，俾得事權歸一，挽回積習，庶幾迅奏膚功」。此奏既上，朝議贊同，於是同日上諭內閣：

> 欽差大臣兩江總督曾國藩著統轄江蘇、安徽、江西三省，並浙江全省軍務，所有四省巡撫提鎮以下各官悉歸節制。

曾國藩奉詔後，再三陳請收回成命，他的〈欽奉恩諭再辭節制四省摺〉中，明白指出此例一開，將啓他日外重內輕之漸，曾國藩奏說：

> 至於節制四省之名，仍懇聖恩收回成命，臣非因浙事既已決裂，預存諉過之意，倘左宗棠辦理毫無成效，臣當分任其咎。所以不願節制四省再三瀆陳者，實因大亂未平，用兵至十餘省之多，諸道出師，將帥聯翩，臣一人權位太重，恐開斯世爭權競勢之風，兼防他日外重內輕之漸，機括甚微，關係

甚大，區區愚忱，仰祈聖明鑑納。

清廷對曾國藩的謙卑遜順、慮遠思深大加褒獎，但是不許其請。

太平天國平定後，曾國藩、左宗棠、李鴻章諸人都手握重兵，分膺疆寄，曾國藩雖以避嫌忌謗，在克復南京後，立即解散湘軍，但湘淮兩軍，曾李兩家原屬一氣，代興的淮軍還是曾氏勢力的保障。至於淮軍為李鴻章個人的勢力，左宗棠威震西陲，更不用說。這時將帥間雖然沒有爭權競勢的風氣，但是兵權在握，國家實權已操在這班所謂中興名臣的漢人手中。清廷每遇國家大事自然不得不向他們徵求意見，於是中央政府大權逐漸旁落，地方權力一天天加重，中央集權的政治便漸漸轉到地方分權。後來庚子義和團之役，袁世凱、劉坤一、張之洞等東南疆吏不奉朝命，與八國聯軍訂立東南互保條約，就是近代中國中央集權勢力的沒落與地方分權勢力第一次的抬頭，而其導源已起於太平天國戰役時期。

太平天國對財政的影響有五方面：一、釐金制度的興起。二、外人管理海關制度的成立。三、貨幣制度的變動。四、長江流域的減賦。五、外債的開始。

這五種變革中，最先發生的是釐金制度。釐金制度創始於刑部侍郎雷以誠。一八五三年雷以誠治軍揚州，以保東路裡下河各州縣門戶，因爲軍餉沒有著落，就在是年七月創立抽釐法，起先在揚州城附近的仙女鎮、邵伯、宜陵等鎮試行，到一八五四年四月才奏報，並請江蘇省各府州縣也依行勸辦。他將釐金分爲兩種，即活釐與板釐。活釐也叫行釐，板釐也叫坐釐。前者是通過稅，抽之於行商，後者是貿易稅，抽之於坐賈。他所定的稅率，原則上以從價爲標準，值百抽一，但在事實上，因爲抽釐的貨物大都是日用品及必需品，這種物品數量多而價值穩定，爲了節省手續，一大部分貨物都改爲從量抽釐，只有一部分價值較高的物品仍然按價抽釐。雷以誠上奏以後，咸豐帝上諭原則上表示同意。

一八五五年一月，欽差大臣勝保就較雷以誠更進一步，奏請推行釐金於各省。戶部奉旨議覆，對勝保的樂觀態度雖然有疑慮，對勝保的主張卻贊同。各省接到戶部咨文後，湖南最先仿行，一八五五年，由湖南巡撫駱秉章奏辦，設立釐金總局於長沙。同年，曾國藩督師江西，奏請在江西試辦釐金，協濟軍餉。年底，湖北巡撫胡林翼仿行於湖北。一八五六年，四川總督黃宗漢創辦鹽釐於四川。同年，烏魯木齊與奉天跟著試辦。一八五七年，吉林、安徽、福建三省，也都相繼仿行。同年七月，勝保再上一疏，請飭各省一律抽釐。這次戶部議覆，就完全贊同勝保的意見，主張「應請旨飭下各該督撫體察情形愼選廉明之吏，於水陸交衝地方，妥籌酌辦」。此議一定，釐金制度就漸漸遍行於全國。

這個稅收制度，在平定太平天國的戰爭中，供給了一項巨大的軍費。軍興十多年，各路軍營都靠這一項收入來維持軍餉，而湘軍的餉源，就幾乎都出自釐金。到一八六九年（同治八年），釐金收入總數約在一千萬兩以上，占咸豐前國家歲入總數四分之一強。所以終清一代，不曾撤銷，直到一九三〇年（民國十九年）國民政府才明令廢止。這個制度，在中國財政史上，由一八五三至一九三〇年，共有七十七年歷史。

外人管理海關制度的緣起，由於一八五三年九月，小刀會（天地會）響應太平軍起事占領上海後，當時地方官吏逃亡一空，徵稅機關完全停擺。就由英領事阿利國（R. Alcook）與當時在上海貿易有密切關係的美法兩國領事協商，提議在秩序未恢復以前，採用領事代徵的辦法，暫代中國官吏向外商徵稅，美法兩國領事都贊成這個辦法。但是，這在英、美、法三國商人看來，頗不公平，因爲三國船舶都須正式納稅，而他國船舶則出入自由，可以不納稅。所以施行不久，美國領事就起來反對這不公平的徵收方法，脫出臨時協定，首先准許美船兩艘無稅出港。英法兩國領事也知道單獨強制本國商人納稅是不利的，於是這個協定就破壞了。

領事代徵的辦法破壞以後，一八五四年初，上海道吳彰健得到英領事阿利國願意援助的許諾，就在租界內一個關棧設立臨時稅關，開始徵稅事務，於是海關行政又歸清吏掌握。然而，開關不久，英領事以海關行政腐敗，雖然屢次勸告清吏，卻一直得不到滿意答覆，就決定允許英船自由出入，各國紛起效尤，上海於是成爲絕對自由港。不過，上海成爲自由港，並不是阿利國的本意。後來，阿利國創議，主張海關任用外人，以清積弊，吳彰健接受了這個建議。是年六月，吳彰健與英領事阿利國、美領事麥菲（Murphy）、法領事愛棠（Edan）簽訂關於上海江海關組織的協定九條，其中關於任用外人的是第一和第五兩條：

第一條　海關監督最困難事，爲不能廣羅誠實精明熟悉外國語言人員以執行徵收事務及履行條約。唯一補救此點之法，爲引用外邦人才於海關，由關道選擇任用，授與權柄，以行使其職權。

第五條　外國委員如有勒索賄賂辦事疏忽等情，一經查出，即由道台會同英、美、法三國領事審理，以定去留。

依原案本來應指令法人史密斯（A. Smith）爲三國的代表，後來依吳彰健的希望，三國各出一人組織關稅管理委員會（Board of Inspector）。

這個月，新制度開始實行。各國派員，英爲威妥瑪（T. E. Wade），美爲卡爾（L. Carr），法爲史密斯（A. Smith）。然而，三頭政治只是一個名目，實權不久就歸於英國委員手裡。一年後，三國派員都有更動，英國的威妥瑪回任副領事原籍，由領事館通譯官李國泰（H. N. Lay）接任，實權仍在英人掌握中。這就是日後海關制度的起源，後來依一八五八年〈天津條約善後通商章程〉，這制度於是推行到新舊各商埠。

貨幣制度的變動，也起於一八五三年。在這以前，清代的幣制原來是銀銅並用的雙本位制度。到了這時候，因爲財政困難已到了山窮水盡的地步，作爲貨幣基礎的銅又因爲軍事的影響，道路阻塞，無法應時解到。清廷想要挽救，只有實行貨幣膨脹的政策——鼓鑄大錢，濫發紙幣，結果產生了一個複雜的幣制。

當時施行的幣制可以分爲兩大類，一是紙幣，一是硬幣。每類又可以分爲兩種，紙幣包括銀票與錢票，硬幣包括銅大錢與鐵錢。這四種幣制，都創於一八五三年，但是都不能長久穩定推行。壽命最短的是當百以上銅大錢，發行不到一年就收回；其次是鐵錢，到一八五九年就停鑄了；又其次是錢票，到一八六一年也廢止。只有當十的銅錢與銀票通行較久，前者到一八九〇年（光緒十六年），政府才停鑄；後者在同治末年也仍然通行。因此，這個貨幣制度的變動，爲時並不久，到同治時已經漸復舊觀。

不過，因爲幣制的複雜，導致金融紊亂，社會民生已經飽受其苦了。

長江流域的減賦，起於一八五五年湖南巡撫駱秉章。一八五七年，湖北繼起。於是江西、安徽、浙江、江蘇四省都跟著起來做成減賦運動。江西行於一八六一年，安徽在一八六四年，浙江於一八六五年開始，同年，江蘇也實行。

這次減賦的性質，可以分爲兩方面：一、裁減浮收，僅酌留州縣辦公費；二、減定江浙重賦的浮額。至於這次長江六省裁減漕額及浮收等項，合計銀一百五十萬餘兩，錢六百四十萬餘串，米一百七十萬餘石。一八六四、一八六五年時，江浙米價每石約值二兩五錢，每銀一兩約值錢一千三百餘文，以這市價爲估計的標準，換算一下，共達一千零七十五萬餘兩銀。各地市價不同，即使同地的市價也時有漲落，所以這估計自然不能精確。但是，這至少可以給我們一個大概的印象，知道這個數目的巨大。不過，政府雖然替人民省了這許多錢，國庫的收入卻並未受到多大影響，因爲所裁減的都是那些官吏中飽的浮收，其中只有江浙減額八十萬石，約合銀百餘萬兩，算是國庫收入的損失。

這次減賦運動實行於長江流域，正是太平天國戰區的中心，受禍最重，亂後民生一旦得以減去浮收與過重的糧賦，不但田主受惠，而且因爲減賦運動者認爲「租以供賦，減賦自宜減租」，佃農也得到減租的惠賜，於是殘破的農村才逐漸復興。所以，咸同間長江流域的減賦，可以說是同治中興的一個原因。

外債的開始在一八六一年底，太平天國忠王李秀成進攻上海的時候。清軍淞滬各防軍的餉源，本來以稅釐爲大宗，這時上海給太平軍重重包圍，各路梗阻，商販裹足不前，上海貿易停頓，以致釐捐無收，軍餉來源斷絕。清吏無法維持，就由江海關道吳煦經手，以江海關出票擔保，並於一八六二年江海關洋稅中攤還，借貸三十萬兩。於是開創了中國外債的歷史，成立第一次外債。

接著，一八六二年，福建巡撫瑞濱先後向英法各國商人兩次借款，連本帶息共爲四十萬四千八百八十兩。繼任巡撫徐宗幹又向洋商借銀十萬兩，內貼息銀一萬一千兩。三次共計五十萬四千八百八十兩，都由閩海關擔保，其中粵海關攤還二十萬，由閩海關攤還三十萬四千八百八十兩。同年，江蘇因爲軍餉絀支，又向洋商借款，由江海關道吳煦向洋商墊借，數目是二十五萬四千零五十五兩，也在該關洋稅項下攤還。

中國人利用外債的路，就這麼被啓發了。

在社會方面，經過太平天國之亂，社會民生有兩種大變動：一是人口減少，二是田畝拋荒。

前面在「迷途羔羊」一章中說過，清代人口從康熙以來年年增加，到一八五〇年，全國人口已達四億一千四百四十九萬三千八百九十九人（內有江蘇、福建等處未報冊，不算在內）。這一年，太平軍初起，作戰的範圍只在廣西潯州一帶，各省還沒有受到兵燹，所以人口仍有增加，到一八五一年，才一年的時間，就增到四億三千二百一十六萬四千零四十七人（江蘇、湖南、湖北未報冊，不算在內）。一八五二年太平軍北出兩湖，進攻江南後，戰區擴大，所以這一年的人口立刻減退到三億三千四百四十萬三千零三十五人（江蘇、湖南、湖北未報冊，不算在內）。從此以後，十多年的大亂，到一八六四年太平天國大致掃平後，中國人口只剩下二億三千七百四十五萬八千零五人（直隸、江蘇、安徽、浙江、福建、陝西、甘肅、廣西、雲南、貴州、巴里坤、烏魯木齊未報冊，不算在內）。不過，一八六四年，這個數據殘缺得太過分，沒有多大意義。有人說一八五一到一八六五年，十四年間，中國死於戰亂的人口，至少有兩千萬或五千萬，雖然不一定正確，恐怕也相去不遠。

無論如何，當時社會的確發生了人口稀少的現象：如浙江的杭州，昔日爲八十多萬人口的都市，亂後陸續來歸及存留遺民合計不過數萬口。如江蘇的鎮江府，整個府縣本地居民幾乎到沒有子遺的慘狀。如江蘇的嘉定、太倉、青浦、華亭、婁縣各地，昔日「半里一村，三里一鎮，炊煙相望，雞犬相聞」，「今則一望平蕪，荊榛塞路，有數里無居民者，有二三十里無居民者」。如安徽績溪、大都胡氏一族本來有五千餘人，亂後只剩一千二百餘人存活。

田畝拋荒的情形，如李鴻章〈克復常州情形摺〉奏：

查常州為護逆（護王陳坤書）分地，脅從最多，荼毒最甚。臣沿途察看百數十里內，村市平毀，農田全荒，白骨荊榛，絕無居人。

左宗棠〈瀝陳餉項支絀籌辦艱難情形摺〉奏所見浙江情形說：

頻年屢遭兵燹，小民死喪流亡，田荒屋毀。

富明阿奏皖北情形說：

臣去年督兵皖北，竊見蒙、潁、鳳、泗之間，曠土閒田，比比皆是。

曾國藩、喬松年奏安徽的情形說：

查安徽全省，賊擾殆遍，創鉅痛深，地方雖有已復之名，田畝多係不耕之土。

這些拋荒田畝的數目，雖然沒有統計，但據一八七五年（光緒元年）彭玉麟的〈敬陳管見籌自強之計摺〉還以墾復亂後江、浙、安徽等省荒田爲自強大計之一，可以知道當大亂初平的時候，拋荒田畝的數額是多麼巨大。

這兩個大變動，影響中國社會的繁榮自然相當重大。潘光旦先生就認爲，近代蘇州的衰弱，太平天國的摧殺敗壞爲原因之一。但是，從另一方面來看，這卻又使亂後的社會民生得到一時昭蘇的景象。社會上只怕有荒田而無人去開墾，不須擔心有人力而無田可耕。這正和大亂前人與地險無地可耕的情形兩樣。同光時人胡傳在〈上皖南道袁爽秋觀察書〉中，記他身經目睹的情形說：

傳生長草野，身經大難，復睹平世，親見同治五六年間，自徽州以達寧、太數百里之內，子遺之家，倉有粟，廚有肉，甕有酒，各醉飽以樂昇平，幾於道不拾遺，戶不夜閉。

大亂之後，民間卻換來這樣一個昇平世界，倒也符合中國歷史上「治久必亂，亂久必治」的老話。這麼看來，「同治中興」還得了不少太平天國的餘蔭。除了人口減少、田畝拋荒外，如上海附近人民在大亂中向上海租界逃難，造成後來租界華洋雜處的制度。如江蘇鎮江一帶的居民，被太平軍驅逐了或屠殺了，衙門及土地冊簿被焚毀了，所以這一帶地方從一八五六年以後就沒有大地主，那些占有田地者都是握有田主的文契而又多年耕種過土地的人。這些雖然只是一地一隅的變革，但其影響所及，對社會民生都不免有所波動。這也是值得注意的。

除了深深影響當時社會的各方面外，太平天國並且影響到後來的文化運動及革命運動。

在文化運動方面，如提倡一夫一婦的制度、禁絕娼妓、強迫放足、女人有參政的權利，是對婦女的解放。如厲行新生活，嚴禁吸鴉片、吃黃煙、飲酒、賭博惡習，是對舊習慣的改革。如施行太平新曆，剷除宜忌吉凶的迷信，提倡通俗文字，主張刪浮文而用質言，去古典而貴明曉，標出「文以紀實，言貴從心」的文學革命理論，是對風俗、思想的革命。這種種的改革，都對後來的辛亥革命時代，以至五四運動時代的文化運動，發生深重的影響。

在革命運動方面，孫中山先生就自認從小受太平天國故事啓發很大，並且在《三民主義．民族主義第四講》中說：

「共產主義在外國只有言論，還沒有完全實行。在中國，洪秀全時代便實行過了。洪秀全所行的經濟制度，是共產的事實，不是言論。」其他革命志士，也有許多受到太平天國的影響。就連徘徊在革命與改革間的梁啓超，也常在報端大談洪楊故事。

當然，對於文化運動與革命運動，尤其是革命運動，太平天國並非唯一的因，甚或不是主要的因，所以不能太過強調。即使如此，我們也不得不承認太平天國留下的影響多麼深重而長遠，太平天國的陰魂，緊緊纏著中國近代史，抹也抹不掉，拋也拋不開。

後記〔最後審判〕

箝制高壓的帝制時代過去了，激情浪漫的革命時代過去了，在我們這個時代，應該有足夠的距離、寬廣的胸襟，平心靜氣地看待洪秀全與太平天國，並給與適當的評估。

洪秀全的童年平淡無奇，和其他小孩一樣入塾讀書，不過顯得特別聰明罷了，十五歲，順理成章地參加科舉，卻不幸失敗了。十六歲那年，和一些農家子弟一樣，因爲家貧而輟學，留在家裡幫忙做些不吃力的差事。然後，在鄉親和朋友幫忙下，洪秀全在家鄉附近設館，當起老師來了。二十四歲，洪秀全再度到廣州應試，還是失敗，卻得到基督教徒梁學善的《勸世良言》小書，爲他日後的命運埋下重要的伏筆。第二年，洪秀全三度赴考，結果還是失敗。洪秀全抱病回到家中，躺在床上連續幾天作了升天堂誅妖魔的怪夢，沒想到醒來之後，病好了，整個人也完全變了樣。

這次的神祕經驗，實在是討論洪秀全的一大麻煩處。在一般人看來，這是荒誕不經的。

然而，由各方面推敲，洪秀全本人卻似乎深信不疑。如蕭朝貴假託天兄下凡，逐漸奪去實權，可是，洪秀全以其妹妻蕭朝貴，蕭朝貴死後，對幼西王蕭有和也是寵愛有加。當然，前者可以說是拉攏的手段，後者可以說是舅甥的感情，不一定是爲了蕭朝貴代表天兄的身分。可是，楊秀清借託天父下凡，逐漸僭越天王，洪秀全還是一再容忍，就連天京內訌，北王殺東王，也不能確定是洪秀全所授意，而且，楊秀清死後，洪秀全還對他念念不忘，反而對韋昌輝不表好感。宗教當然爲洪秀全招徠了不少群眾，可是，如果說洪秀全的宗教完全是詐術，只爲了藉神力以惑人，那又未免言之過甚。

近年來，心理史學雖然開始發展，但似乎還沒有人對這件事提出有力說明，我們不能用心理學否定洪秀全這次的神祕經驗，也無從知道這個經驗到底對當事人起了多大的作用。因此，我們不妨委婉地說，洪秀全在大病與大失望之後，身心都起了劇烈的變化；同時，基督教的一些觀念也留在他腦海中，而起了一定的作用。後來，洪秀全的夥伴們就利用這個宗教，廣招信徒；他本人則在自身的經驗與周遭的氣氛下，越陷越深，終於到了無法自拔的地步。

不論洪秀全是否因爲這次天啓的經驗，成爲狂熱的信徒；或是因爲科舉的連番挫敗，立下革命的志願。總之，他還是心存觀望，沒有積極展開行動。後來，他兩次到廣州參加科舉考試，仍然失敗，這才死心塌地地承認，科舉求功名之路是行不通了。一個偶然的機會，洪秀全再詳讀《勸世良言》，腦子裡混沌的影像和意念才豁然開通。於是，洪秀全開始活動，很快得到兩個信徒兼夥伴——洪仁玕與馮雲山。到了三十二歲時，洪秀全與馮雲山出外傳教，因爲受了一點挫折，洪秀全折回廣東，設館教書；馮雲山固執地留下，前往廣西，艱苦奮鬥，終於爲「上帝會」打開了局面。洪秀全儼然成爲一方教主。

當時的社會，民生困難，政治黑暗，洪秀全的宗教是很吸引人的。而且廣西的客家人很多，洪秀全、馮雲山在語言上沒有隔閡，很容易和群眾建立關係。當然，最重要的是馮雲山意志堅定，不畏苦難，才能在荒山曠野中創立一番事業。局面既然打開，教主洪秀全再度來到廣西後，號召力更足夠，「上帝會」的勢力就越滾越大了。

後來，馮雲山入獄，洪秀全回廣東，群龍無首之下，會眾和鄉紳團練的衝突又越演越烈，於是群眾有瀕臨潰散的危險。這時，楊秀清借託天父下凡；接著，蕭朝貴借託天兄下凡，才穩定了人心，保住了群眾基礎。洪秀全回來以後，認可他們是天父、天兄的凡間代理人，卻因此開了日後喪失宗教權力的端倪。當時各地變亂不斷，滿清軍備廢弛，民眾都已經看得很明白，再也沒有顧忌。因此，部署妥當，洪秀全大旗一招，就在金田興兵舉事了。

容閎曾說，即使沒有洪秀全，當時中國一樣會發生革命。這話固然不錯，洪秀全等人自然是當時客觀時勢造就出來的「英雄」，但是不能忘了，他們也憑藉一些主觀力量造成相當可觀的時勢，並不是憑空被造就出來的。

太平軍初興，實力並不很強大，官方也只視之為一般亂匪，然而，幾個領袖正當壯年，上下一心、同甘共苦，充滿銳不可當的朝氣。幾次接觸後，地方官不敢輕視，消息不久就上達朝廷。太平軍綱紀嚴整，戰略高明，正如出柙猛虎，抵擋不住。攻占第一座城池永安州以後，天王洪秀全分封諸王，並明令規定諸王都受東王楊秀清節制，這又開啟了楊秀清篡奪政治、軍事權力的端倪，為日後的天京內訌埋下種子。初出湖南，馮雲山戰死。不久，蕭朝貴也在長沙之役戰死。太平天國先後失去兩位重要領袖，損失不小。在北伐途中，不少天地會黨來附，太平軍正好以他們為前導，解決了地理不熟的問題。不過，這也伏下太平軍日後紀律隳壞的因素。

後來，石達開、羅大綱招集大批天地會眾北上，皖北太平軍與捻合作，加上降附的清軍不遵號令，軍紀無法維持，成為太平天國失敗的重要原因。太平軍進向兩湖，地理環境不能掌握，以當地天地會眾爲嚮導，這是必要的。《賊情彙纂》說太平軍將天地會眾驅於軍前，拿他們當炮灰，這恐怕是敵人的惡意攻訐。天地會的來附，爲太平軍壯大聲勢不小，卻也引發了軍紀敗壞的致命傷，實在得不償失。

太平軍的北伐，採取直前衝擊的戰略，攻占一座城池，隨即放棄，繼續全力向前猛攻。疲弱的清軍，根本敵不住太平軍的大軍，往往望風先逃。攻取南京是太平軍的預定計畫，有人曾提出攻取河南爲根據地，經過討論，仍然決定攻取南京。於是，在攻占武漢後，順江東下，以破竹之勢，所向披靡。不久攻占南京，改號天京，定都於此。

似乎，太平軍沒有直搗北京的魄力。不過，南京是明太祖驅逐胡元，光復華夏的基地，有它的歷史意義。加上江南是財富聚集的地方，太平軍大都是飢寒的下層民眾，不論在心理上、物質上，對他們都是莫大的鼓勵和誘惑。爲了鞏固天京，並且阻斷南北糧運，太平軍又占領了鎮江、揚州，與天京鼎峙而三。因爲太平軍志在華北及長江上游，就沒有再繼續東進。不久派出北伐軍與西征軍，分擾南北。然而，北伐軍兵力太弱，終於全部被消滅。這算是洪秀全、楊秀清在軍事上犯的錯誤，因爲太重守勢而不能厚集兵力，大舉北伐，結果只是白白犧牲了一支軍力。西征軍進向長江上游，攻占城池後，開始用心經營，做長治久安的打算，不再輕易放棄。可是，西征軍推進到武漢，進向湖南的時候，遭遇了強勁的對手湘軍。

有人認爲，一八五三年上海小刀會（天地會的一支）響應太平軍起事，太平軍沒有積極給與支援是一大錯誤；否則，上海財富區爲太平天國所有，餉源就不須擔心。可是，當時天京被向榮的江南大營與琦善的江北大營合圍，北伐軍與西征軍的兵力已經那麼薄弱，還可能撥出多少兵力來支援上海的小刀會？而且，從後來太平天國的對外態度來看，太平軍明白洋人的兵力不可輕侮，實在不願輕易與外人衝突。

湘軍有紀律、有組織、有信仰，的確是一個強勁的對手。而其精心裝備的水師，更是縱橫長江的利器。然而，太平軍也不必因此就興「既生瑜，何生亮」之嘆。湘軍再度出動，太平軍誠然節節敗退；可是，石達開大軍一出動，就以成功的戰略扼住湘軍，而且反撲得更猛，連曾國藩的大本營都飽受威脅。要不是石達開回師合攻江南大營，解天京之圍，以及後來天京的四次內變，太平軍無暇西顧，鹿死誰手未可知啊！因此，郭廷以認爲，太平天國的對手雖然強勁，但其失敗主要應該從太平天國本身的腐化及內訌來看，這是可以贊同的。如果認爲太平天國的宗教開始就注定要招來強勁的對手，這是對的，至於說這對手必然會致它於死地，則恐怕說法不夠周延。

楊秀清集太平天國的政治、軍事、宗教三種大權於一身，不但時常在壓迫韋昌輝、石達開、秦日綱等人，有時甚至騎到天王洪秀全的頭上，連太平軍的敵人都看得出來，衝突不久就要爆發。一八五六年，江南大營潰散，天京解圍，不久果然發生了內變。

第一次內變，北王韋昌輝與燕王秦日綱合力誅殺東王楊秀清，並且大肆殺戮，楊秀清的部隊差不多被殺光了。翼王石達開趕回天京，指責北王濫殺無辜，韋昌輝大怒，想連石達開也殺了，幸而石達開得到消息，縋城出走，才免遭毒手。這是第二次內變。石達開回到安慶，全家死於韋昌輝手中，於是石達開興兵討伐。洪秀全合城中文武擊殺韋昌輝、秦日綱，迎石達開回天京。這是第三次內變。石達開回到天京，掌理政務，人心大振，天京又是一番新氣象。可是，洪秀全經過幾番波折，不敢再信任外臣，專任兩位無能的兄長洪仁發、洪仁達。石達開遭到洪秀全的猜忌和洪氏兄弟的排擠，無心戀棧，就在一八五七年再度出走，沿途布告，回到安徽、江西招集大部兵力，另圖發展，從此與天京斷絕關係。這是第四次內變。

石達開帶走大部的精銳部隊，太平天國至少損失一半的兵力。而四次內變後，太平天國的領袖，東、西、南、北王無一留存，翼王出走，燕王也死於內變（豫王胡以晃形跡不詳），天王洪秀全又不理政事，朝政在洪氏兄弟手裡日益敗壞，人人各有散意，要不是傳言清軍對廣西太平軍一律不赦，太平天國恐怕在這時就崩潰了。這幾次的內訌，實爲太平天國的致命傷。尤其是石達開的率領大軍出走，無論在領袖人才或全軍實力方面，都造成難以彌補的損失。

內變以後，太平天國靠著陳玉成、李秀成率領殘兵餘將在苦撐。陳、李都是太平天國後期名將。可是，他們只是一方戰將，無能規畫全局，即使勇猛善戰，也起不了太大的作用。相反的，湘軍在江南大營潰後，清廷不再多方掣肘，曾國藩得到統籌全局的機會，用兵有次第，有計畫，逐漸占取有利的形勢。而且，湘軍人才濟濟，又趁著天京內訌的機會攻占武漢，在胡林翼苦心經營下，儼然成爲一個重鎮，從此有了穩固的後方，除去後顧之憂。這時候，雙方強弱形勢已經相當分明了。

太平天國定都天京以後，領袖開始過著腐化奢侈的生活，軍隊紀律、社會風氣也跟著敗壞。天京內變以後，不但沒有改善，反而越演越烈，終於成爲太平天國的另一個致命傷。不久，洪仁玕來到天京，洪秀全歡喜之下，封他爲干王、軍師，主掌朝政。洪仁玕頗有見識，但是新來乍到，沒有功勳，自然引起許多宿將的不滿。爲了平人心，洪秀全首先封功勞最高的陳玉成爲英王；又怕李秀成因爲封不及他而叛離，接著封李秀成為忠王。從此以後，一方面擔心「封這個，那個不服」；一方面害怕一些重將功勞太高，威脅到他，就採取眾建政策，分削諸將的權力。於是越封越多，越封越濫，終於成為太平天國的又一致命傷。陳玉成死後，李秀成是太平天國第一主將，卻常感到諸王不聽指揮，調度困難，這樣的軍隊如何能夠面對強敵，難怪太平天國要終歸覆亡。

戰略不一致似乎也是太平天國失敗的一個原因。一八六〇年，天京二度解圍後，英王陳玉成主張救安慶，侍王李世賢主張取閩浙，千王洪仁玕、忠王李秀成都主張取長江下游。洪秀全從千王、忠王議，命李秀成攻蘇常。李秀成去勢雖猛，但是沒能攻下上海，同時上游軍事轉急，太平軍遂陷於兩線作戰。李秀成轉赴上游作戰，但似乎不太在意這次西征，用兵相當持重。

陳玉成四次救援安慶，湘軍全力以拒，終於無功而退。一八六一年九月，安慶終於為湘軍所得，從此太平軍長江上游重鎮全失，天京直接受湘軍的威脅。陳玉成想北上經營山東、直隸，卻在翌年被苗沛霖誘執遇害。由於戰略的分歧，原已勢蹙的太平軍陷於兩線作戰，兵力無法集中，終於保不住安慶，失去保障東南的屏障，也失去一員大將陳玉成。

李秀成雖然攻取杭州、浙江，經濟意義大略相當於安慶、皖北，軍事地位卻不能相比。李秀成過度重視長江下游，使他忽略了上游，使得安慶守軍一萬六千餘人全部犧牲，主持上游軍事的大將陳玉成也間接因此犧牲。陳玉成死，皖北太平軍等於瓦解，李秀成也只能在江南、浙江打轉，此後太平軍不再有任何進展。

英法等列強在天津條約、北京條約中獲得許多利益，態度由中立轉而支持清廷。安慶既失，太平天國活動範圍局限在江南、浙江一帶，李秀成對上海勢在必得，不惜一戰，不再對外人委曲求全。太平軍圍攻杭州，何伯就預料上海勢必受到威脅。一八六二年一月，上海會戰開始。曾國藩派出三路大軍，左宗棠進規浙江，李鴻章東援上海，曾國荃直搗南京。進攻天京的曾國荃軍不久就到了天京城外，於是天京三度被圍。

自天京二度解圍，兩年來，天京不見敵蹤，曾國荃軍突然到來，洪秀全嚇得一日三詔，嚴命李秀成回援，李秀成不得不中止對上海的攻勢。李秀成認爲曾軍勢盛，主張多解糧回天京，兩年後，曾軍師老兵疲，再與交鋒。可是，洪秀全不答應，一定要李秀成立刻猛攻。李秀成沒辦法，只好再度放棄他的作戰計畫，日夜環攻雨花台。這時李世賢也從浙江前來助攻。戰況雖然猛烈，太平軍出動所有可用之兵，畢竟還是無功而退，太平天國的命運已經決定了。李秀成眼看大勢已去，勸洪秀全放棄天京，另求出路，倒也不失爲上策。然而，洪秀全執迷不悟，滿口神話，最後服毒自盡，得年五十二歲。不久，天京陷落，李秀成、洪仁玕及幼主洪天貴福先後被擒、遇難。太平天國消滅了，剩下幾支殘餘的太平軍成了無主遊魂，四處飄蕩。一八六八年，捻亂剿平，太平天國就完全成爲歷史名詞了。

嚴格地說，洪秀全不是一個合格的政治領袖，也不見有什麼了不起的軍事才能，甚至也稱不上是出色的宗教領袖。他在從事革命活動時，意志不夠堅定，如果沒有馮雲山，群眾基礎實在難以建立。後來，楊秀清、蕭朝貴借託天父、天兄下凡，巧妙地把宗教權杖從他手裡搶過來。永安封王，不但充分流露了封建意識，以利餌人；而且明令各王受東王節制，把政治、軍事權力推到別人手裡，簡直可以說是無知。北王殺東王，或許不是出自他的授意，但他身爲太平天國最高領袖，卻對領導集團的內訌毫無辦法；相反的，石達開回天京執掌朝政，重新振奮起人心，他懂得猜忌（學乖了），卻不懂得積極有所作爲（還是學得不夠），結果只是逼走石達開，不但損失一位傑出的政治、軍事人才，損失了精銳大軍，也把剛振作起來的人心搞得渙散了。而他本人生活奢靡，耽溺酒色，一點沒有開國氣象，更給整個太平天國樹立一個壞榜樣。吃黃煙、抽鴉片，燒殺淫掠，所有早期太平軍見不到的惡習都漸漸普遍了。最後，他的宗教已經不大有人相信，他自己卻還深信不疑，對李秀成的所有進言與作戰計畫都不理會，只要李秀成聽他命令行事，做法已經近乎完全狂悖了。他的確是一個不夠格的領袖。

不過，洪秀全對民族主義的立場倒是很堅持。早在金田起事以前，他就時常向洪仁玕發表排滿理論。太平軍北出湖南，那篇〈奉天討胡檄〉更把民族主義發揮得淋漓盡致，充分表現出太平天國的立場。

據李秀成說，某洋人（可能就是巴夏禮）曾以威脅的口吻，以平分土地為條件，要求太平軍和英國合作，說：

「爾天王雖眾，不及洋兵萬人。有我洋兵二三萬又有船，一舉而平……我萬餘之眾打入北京後說和。爾不與和，爾朝不久，待我另行舉動。」

洪秀全不為所動，說：

「我爭中國，欲想全圖，若與洋鬼同事，事成平分，天下失笑，不成之後，引鬼入邦。」

後來李秀成也說，他不是不知道洋兵洋炮厲害，鑑於幫助清軍的洋兵「打入城池，洋兵把守城門，凡官兵不准自取一物，大小男女，任其帶盡，清朝官兵不言，若多言不計爾官職大小，亂打不饒。我天王不用洋兵者在此也」。「有一千人洋兵，要挾制我萬人，何人肯服，故不用也」。太平天國雖然也用客卿、洋將、洋弁，但必須服從他們的命令。可見，洪秀全、李秀成有他們堅定不移的國家民族立場。

太平天國的最高領袖不夠水準，已如前言。至於其他領袖，馮雲山頗有見識、才幹，而且常以大局爲重，不很計較私利；蕭朝貴性情質厚，勇敢善戰，是一員猛將；楊秀清手握實權，也的確是個人物，太平天國在他治下，還算是有條有理，沒有太大誤謬，只是格局太小，氣魄不夠；韋昌輝似乎較譎詐，但一直被楊秀清壓著，所以沒見到任何特殊的表現；石達開算是當中最傑出的人物，政治、軍事都很有才能，極得人心，甚至連敵對的曾國藩、左宗棠、李鴻章等人也不得不佩服他。可是，馮雲山、蕭朝貴早死；天京內訌後，楊秀清、韋昌輝也死了，石達開出走，起事諸傑只剩下洪秀全一人，領導能力薄弱，於是政治、軍事、社會各方面都開始走下坡。可見，天京內訌是太平天國史的一個重大分界點，從此以後，諸事全非。從軍事來說，當然以湘軍出動爲重要分野，此後，太平軍才遭遇頑強的抵抗。

太平天國後期的領袖，陳玉成以童子兵出身，勇敢善戰，但畢竟只是一名戰將；

李秀成久居行伍，積功累升，軍事、政治都有才幹，卻沒有盱衡全局的能力；洪仁玕頗有見識，所著《資政新篇》算是具體的建設計畫，可是見諸實施的幾近於零，等於空想。可見，太平天國培養人才的工作做得太差，甚至可以說根本沒做，而且也沒能對外吸收人才。比起湘軍的幕僚充棟，戰將如雲，太平天國的人才實在太少了。

不論如何，洪秀全與太平天國的確寫下了一頁壯觀的歷史，而且留下深遠的影響。軍事方面，太平天國改變了清代的軍制，造成私人武力的形成，以致民初有軍閥割據的局面。政治方面，太平天國打破了滿人壟斷政權的局面，讓漢人能夠身居督撫要職，甚至進入中樞；也打破中央集權的政治形態，造成地方分權勢力的抬頭。此外，太平天國對當時財政、社會及後來的文化、革命運動都有相當的影響，不容我們忽視。

洪秀全的時代遠了，太平天國的神祕面紗逐漸被揭開了。我們處在一個利害較不相干的時代，嘗試給以合情合理的敘述與評價。然而，這也是一個混亂的時代，眾口交爭，莫衷一是，無法指望「最後的歷史」出現。也許，多少年後，社會趨近圓滿，立場漸漸靠攏，史學家可以給洪秀全與太平天國做一番最後的審判。

附錄——年表

年號	西元	年齡	事蹟
清仁宗嘉慶十二年	一八〇七年		倫敦布道會教士馬禮遜抵達廣州，新教傳入中國。
清仁宗嘉慶十八年	一八一三年	一歲	洪秀全出生於廣東花縣。「禁門之變」，滑縣天理教徒李文成叛亂，林清攻入紫禁城，失敗被殺。
清仁宗嘉慶十九年	一八一四年	二歲	河南捻民叛亂。
清仁宗嘉慶二十二年	一八一七年	五歲	廣東梅縣天地會起事。
清宣宗道光十年	一八三〇年	十八歲	美國第一個來華的傳教士——公理會傳教士裨治文抵達廣州。
清宣宗道光十六年	一八三六年	二十四歲	洪秀全到廣州應試落榜，得到宣揚

			基督教的小冊子《勸世良言》。
清宣宗道光二十四年	一八四四年	三十二歲	馮雲山在廣西紫荊山區創建「拜上帝會」。 清政府詔弛天主教禁。
清宣宗道光二十五年	一八四五年	三十三歲	洪秀全在廣東花縣布教，撰寫「原道救世歌」、「原道醒世訓」。
清宣宗道光二十六年	一八四六年	三十四歲	容閎、黃寬等赴美求學，爲中國最早之留學生。
清宣宗道光二十七年	一八四七年	三十五歲	洪秀全到紫荊山區，制定十款天條約束會員。
清宣宗道光二十九年	一八四九年	三十七歲	楊秀清初託天父下凡。
清宣宗道光三十年	一八五〇年	三十八歲	太平天國洪秀全在金田叛亂，以「團營」令聚衆，建立「聖庫制度」，建號太平天國。
清文宗咸豐元年	一八五一年	三十九歲	太平天國洪秀全在武宣東鄉登極，

			自稱天王，太平軍攻占永安，建立太平天國政權，並頒布天曆。
清文宗咸豐二年	一八五二年	四十歲	太平軍馮雲山於全州負傷敗死。 太平軍進入兩湖，攻占武漢。 清廷任用曾國藩在湖南督辦團練，建立湘軍，成爲鎮壓太平軍的主力。
清文宗咸豐三年	一八五三年	四十一歲	太平天國定都天京，頒布「天朝田畝制度」，命林鳳祥、李開芳發動北伐，命賴漢英、曾天養等人西征。 「小刀會」在福建南部及上海等地起義。 捻亂開始。
清文宗咸豐四年	一八五四年	四十二歲	廣東天地會起義。

清文宗咸豐五年	一八五五年	四十三歲	太平軍北伐失敗，林鳳祥、李開芳在北京被斬。 各地捻匪在安徽雉河集會盟，共推張樂行爲盟主，號稱「大漢盟友」，制定「行軍條例」。
清文宗咸豐六年	一八五六年	四十四歲	石達開督太平軍攻破清軍江北大營和江南大營。 廣東水師緝獲亞羅號船私販鴉片，英國藉此向中國挑釁。 太平天國發生韋昌輝叛變和石達開分裂事件。
清文宗咸豐七年	一八五七年	四十五歲	石達開率二十萬主力軍脫離天朝轉戰南方，獨立行動。
清文宗咸豐八年	一八五八年	四十六歲	英、法聯軍攻陷大沽，強迫清廷簽訂「天津條約」。

			太平軍李秀成和陳玉成在安慶大敗湘軍李續賓部。
清文宗咸豐九年	一八五九年	四十七歲	洪仁玕由香港來天京，受封爲千王，總理朝政，頒布《資政新篇》。
清文宗咸豐十年	一八六〇年	四十八歲	太平軍再破江南大營。太平軍攻上海，美國人華爾創建之洋槍隊協助清軍失利。
清穆宗同治元年	一八六二年	五十歲	英王陳玉成命陳得才、賴文光遠征西北。曾國藩飭李鴻章在安徽招募淮勇，仿照湘軍編練淮軍，協助圍剿太平軍。太平軍英王陳玉成被誘捕，後於河南延津處死。
清穆宗同治二年	一八六三年	五十一歲	西北回民叛亂（一八六三至一八七

			三年）。
清穆宗同治三年	一八六四年	五十二歲	翼王石達開在大渡河被捕遇害。 洪秀全服毒自盡，幼主洪天貴福繼位。 湘軍曾國荃部攻陷天京，忠王李秀成被捕遇害，太平天國革命運動失敗。
清穆宗同治四年	一八六五年		太平軍西征兵敗，餘部與捻匪結合，奉賴文光爲首領，在山東曹州高樓寨殲滅僧格林沁部隊。
清穆宗同治五年	一八六六年		捻匪分爲東、西兩路流竄。
清穆宗同治六年	一八六七年		清軍平定東捻。
清穆宗同治七年	一八六八年		清軍平定西捻，捻亂底定。
			四川爆發酉陽教案。

三十功名塵與土
一將功成萬骨枯

多少君臣將相，或開創帝業，或權傾朝野，或擁兵率軍，或擘畫改革；在太平與戰亂、興盛與衰亡中創造歷史，忠奸成敗，功過是非，留下不朽的功業和萬世的罵名。他們毀譽參半，褒貶不一，在謳歌讚揚與羞辱唾棄中擺盪，是可敬可愛，也是可憎可厭的爭議人物。

本系列的每本書以兩大部分呈現，第一部分為人物傳記，第二部分為是非爭議之處，針對爭議的主題來論述；因而不僅僅是人物傳記，它也是一部心理分析叢書，巨細靡遺地分析十二位在歷史上備受爭議人物的愛恨情仇及人格上的優缺點，希冀以歷史事實的敘述，加以探討，從中得到啟發。也讓我們逆向思考、反觀過去所讀的歷史，重新定義、評斷這些歷史人物的所作所為。

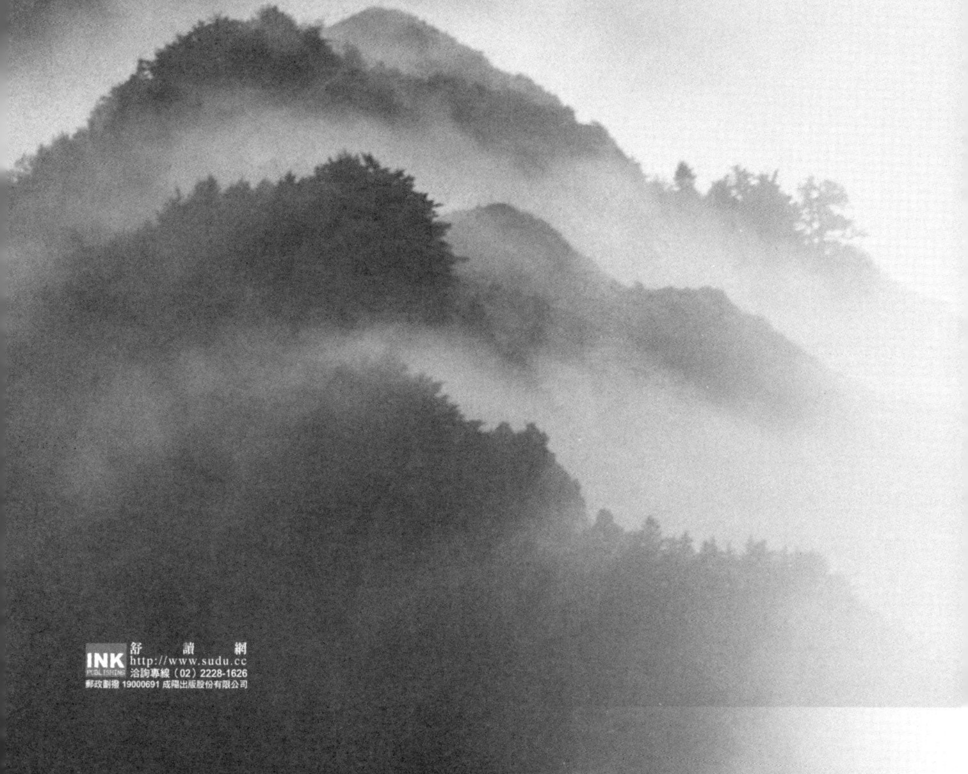

INK PUBLISHING 舒讀網
http://www.sudu.cc
洽詢專線（02）2228-1626
郵政劃撥 19000691 成陽出版股份有限公司

INK PUBLISHING

從前 10 教主天王：洪秀全

作者 藍博堂
總編輯 初安民
叢書主編 鄭嫦娥
美術設計 莊士展
校對 呂佳真 林其煬

發行人 張書銘
出版 INK印刻文學生活雜誌出版有限公司
台北縣中和市中正路800號13樓之3
電話：02-22281626
傳真：02-22281598
e-mail：ink.book@msa.hinet.net
網址 舒讀網http：//www.sudu.cc

法律顧問 漢廷法律事務所
劉大正律師
總代理 展智文化事業股份有限公司
電話：02-22533362・22535856
傳真：02-22518350
郵政劃撥 19000691 成陽出版股份有限公司
印刷 海王印刷事業股份有限公司

出版日期 2009年 2月 初版
ISBN 978-986-6631-50-4

定價 240元

國家圖書館出版品預行編目資料

教主天王：洪秀全／藍博堂著.
－－初版.－－台北縣中和市：INK印刻文學,
2009.02 面； 公分.--（從前；10）
ISBN 978-986-6631-50-4（平裝）
1.（清）洪秀全 2.傳記
782.877 98000795

INK INK INK INK INK INK
INK INK INK INK INK
INK INK INK INK INK INK
INK INK INK INK INK
INK INK INK INK INK INK
INK INK INK INK INK
INK INK INK INK INK INK
INK INK INK INK INK
INK INK INK INK INK INK
INK INK INK INK INK
INK INK INK INK INK INK
INK INK INK INK INK
INK INK INK INK INK INK
INK INK INK INK INK
INK INK INK INK INK INK
INK INK INK INK INK
INK INK INK INK INK INK
INK INK INK INK INK
INK INK INK INK INK INK
INK INK INK INK INK
INK INK INK INK INK INK
INK INK INK INK INK
INK INK INK INK INK INK

K INK INK INK INK INK IN
INK INK INK INK INK INK
K INK INK INK INK INK IN
INK INK INK INK INK INK
K INK INK INK INK INK IN
INK INK INK INK INK INK
K INK INK INK INK INK IN
INK INK INK INK INK INK
K INK INK INK INK INK IN
INK INK INK INK INK INK
K INK INK INK INK INK IN
INK INK INK INK INK INK
K INK INK INK INK INK IN
INK INK INK INK INK INK
K INK INK INK INK INK IN
INK INK INK INK INK INK
K INK INK INK INK INK IN
INK INK INK INK INK INK
K INK INK INK INK INK IN
INK INK INK INK INK INK
K INK INK INK INK INK IN
INK INK INK INK INK INK
K INK INK INK INK INK IN